동물회사

동물회사

진 언 장편소설

답

차례

Prologue

새벽 3시가 조금 지난 시간,

맹꽁이가 비명을 지르며 잠에서 깨어났다.

거친 숨을 몰아쉬며 땀에 젖은 앞 머리카락을 뒤로 넘겼다.

맹꽁이의 비명에 잠에서 깬 어머니는 안방에서 한달음에 달려와 방의 불을 켰다.

“맹꽁아, 무슨 일이니?”

“엄마, 나 결혼 안 할래... 회사에도 취소한다고 말할 거야....”

“무슨 말이야, 청첩장까지 다 돌려놓고... 이제 와서 어떻게 하라고....”

맹꽁이는 소리 내어 울기 시작했다.

1.

동물회사의 아침이 밝아왔습니다

한적한 고속도로 위에 '애니멀 전자' 로고가 쓰인 트럭 한 대가 달리고 있었다. 운전석에 앉은 중년의 남자는 조수석에 있는 젊은 청년에게 업무에 관한 이야기를 건네고 있었다.

"어이 신입 오늘은 트럭에서 수작업으로 까데기를 해야 돼."

"까데기요?"

"손수 짐을 내리면서 옆에 있는 제품번호를 확인하는 일이야. 팔레트에 쌓아 두면 자재과 사람이 지게차로 떠서 가져갈 거야. 도착하기 십분 전에 미리 전화하는 거 잊지 말고…."

낯선 화물차를 타고 처음으로 가는 길. 서른 살 신입사원 신기린의 얼굴에는 약간의 긴장감이 감돌았다.

'앞으로 내가 이 차를 몰고 똑같은 길은 정해진 시간에 가야 하는구나….'

큰 키와 하얀 피부의 귀공자 같은 느낌이 묻어나는 신기린은 지난여름까지만 해도 정통 일식집에서 셰프로 일했었다. 그해 여름날, 서울의 한 일식집에서 조리하지 않은 해산

물을 먹은 사람이 끝내 사망했다는 뉴스가 방송되었고 하필 그 식당의 상호명은 기린이 일하던 식당과 비슷했다. 덕분에 가게에는 차츰 손님이 줄기 시작하더니 몇 달이 지나지 않아 직원들의 월급도 밀리기 시작했다. 스무 명에 가까웠던 직원들이 빠른 속도로 하나둘 뿔뿔이 흩어지자 기린 또한 막연하게나마 주방이 아닌 새로운 일을 해 보고 싶다는 생각이 들었다. 그리고 일식집을 그만둔 몇 달 뒤, 그는 애니멀 전자 안양지점 물류센터에 입사했다. 그에게 주어진 일은 화물차를 운전하고 자재과를 지원하는 일이었다. 정해진 시간 내에 내비게이션에 등록되어 있는 장소를 찾아가서 물건을 받아 오면 되는 복잡할 것도 없는 단순한 이 일이 이전에 다니던 일식집보다 보수가 더 좋았다.

그가 창밖을 보며 멍을 때리는 동안 어느새 트럭은 회사에 도착했다. 경고음과 함께 트럭이 후진을 시작하자 어느새 차량 뒤에 있던 자재과 직원은 "오라이" 소리를 반복하다 멈추었고 이내 가스 빼는 소리와 함께 트럭의 시동이 꺼졌다.

같은 시간 맹꽁이는 접수처에서 일하는 언니와 함께 점심을 먹고 사무실로 올라가는 길이었다. 트럭에서 짐을 내리는 건장한 청년이 맹꽁이의 눈에 들어왔다.

"언니, 물류팀에 사람 새로 왔나 보네?"

"그런가 봐."

"이름이 뭐래?"

"아직 몰라 신규 입사자 리스트를 봐야겠다."

그때 사무실 쪽에서 내려오던 두꺼비 대리가 맹꽁이에게 말을 걸어왔다.

"어이, 맹 대리 진급 턱 언제 쏠 거야?"

"아 안녕하세요, 대리님. 식사하셨어요? 구내식당에서 식사하시는 거 못 봤는데."

"나야 뭐 밥을 빨리 먹으니까, 시간 남았으면 우리 아이스크림이나 하나 먹으러 갈까?"

"좋아요!"

두꺼비 대리는 서울 본사에서 근무하다 4년 전에 안양 사무소로 발령이 났다. 그가 맨 처음 이 지점에 왔을 때 마주쳤던 맹꽁이에게 첫눈에 반했었다. 이제 막 대학을 졸업한 티가 나는 풋내기. 뭐든지 열심히 하는 맹꽁이를 두꺼비는 한 발짝 떨어져 지켜보고만 있었다. 그때부터 맹꽁이를 향한 두 대리의 짝사랑은 시작되었고 하나둘, 이 사실을 알게 된 주변 동료들은 은근히 두 대리를 응원하는 분위기였다. 두 대리는 뜬금없이 회사의 산악회 이야기로 화제를 돌렸다.

"저기…, 회사 내에 산악회 말이야. 아직 계획 없어?"

"지금은 더워서 못 가요. 가을이나 돼야 다시 준비를 하지요. 산악회 일정이 잡히면 총무인 제가 메일부터 보내잖아요."

"그래…."

점심시간이 끝날 즈음, 둘은 아이스크림을 들고 각자의 자리로 돌아갔다. 맹꽁이는 서류를 챙겨 서울 본사 경리부로 갈 준비를 했다. 오늘도 마감을 하면 밤 9시…. 10시가 조금 넘을지도 모르겠다고 맹꽁이는 생각했다.

* * *

기린이 작업을 끝내고 인수증을 제출하러 총무부로 향하는 길에 두 대리가 영어로 통화하는 것이 기린의 어깨너머로 들려왔다. '아… 내가 외국계 회사에 입사를 하긴 한 모양이군….' 기린은 서류를 총무부에 제출하고 휴게소로 향했다. 휴게소에는 육 계장이 기린과 이야기를 하려고 기다리고 있었다.

"첫날부터 고생했어. 커피 한잔 마실래? 어떤 게 좋아?"

기린은 술과 담배 그리고 커피를 좋아하지 않았지만 같은 것을 마시겠다고 계장에게 말했다. 커피잔을 들고 대기실로 들어서자 기사대기실에서는 작은 도박판이 벌어지고 있었다. 면면을 살펴보니 베테랑 기사들은 대부분 나이가 지긋한 중년들이었다. 기린은 한 손에는 종이컵을 다른 한 손으로는 통풍이 되도록 티셔츠 목덜미 아래를 잡고 서서 아직 작업의 열기가 가시지 않은 몸을 에어컨 바람에 식히기로 했다. 잠시 뒤 도박판에서 패를 정리하던 와이셔츠를 잘 다려 입은 중년의 남자 하나가 곁눈질로 기린의 뒷모습을 바라보며 옆 사람에게 말을 걸었다.

"저 친구는 누구여, 새로 왔는가 보지?"

와이셔츠의 남자는 도박판에서 남은 지폐를 집어 들며 자리에서 빠져나왔다. 그리곤 기린을 향해 손짓했다.

"아, 오늘은 끗발이 안 서네. 어이 신입, 담배나 한 대 빨러 가자고."

와이셔츠의 남자는 안양 사무소의 원숭이 전무 수행비서 지부라 씨였다. 안양 사무소는 공장과 연구실 건물이 함께 있었고 150여 명의 직원이 근무하고 있었다. 지부라 씨는 원 전무의 운전기사였는데 나이는 좀 들어 보였지만 말투나 생각은 자유로운 영혼의 사람처럼 보였다. 그는 처음 본 기린에게도 스스럼없이 말이 많았다. 자신이 왕년에 운동선수였다는 등 대화라기보다는 일방적으로 자신의 이야기를 내뱉는 사람에 가까웠고 오히려 그는 자기의 넋두리를 들어줄 사람이 필요한 것 같아 보였다.

"신입, 오늘 처음 운행 나갔다 왔지?"

"네. 입사한 지 3일 만이네요. 그동안 대기실에서 기다리기만 했는데 오히려 조금 지루했었어요."

"이제부터 하나씩 알아가는 거지. 천천히 해. 급할 거 없어. 근데 자네 여자 친구는 있어?"

"아직 없습니다."

"이 사람아. 이렇게 키 크고 멀쩡하게 생긴 총각이 애인이 없으면 쓰나, 내가 한번 알아봐야겠네."

"아닙니다. 괜찮습니다. 지금 당장은 누굴 만날 생각이 없어서요."

"에이… 그러면 쓰나!"

그렇게 휴식시간은 쓸데없는 이야기로 채워졌고 신입사원 신기린은 다음 운행시간이 돌아오기만을 기다리고 있었다.

경리부 맹 대리는 월말이 되면 서울에 있는 본사로 출근했다. 다른 지방사무소에서 일하는 경리부 직원들도 월말이 되면 서울 본사 경리부로 헤쳐 모였다. 본사는 안양 사무소에 비해 오히려 집에서 가까웠기 때문에 맹꽁이는 출근

준비 시간이 한결 여유로웠다. 침구를 정리하고 거실에 나와 보니 엄마가 예불 앞에서 절하고 있는 모습이 보였다. 아마도 남동생을 위해 기도하는 것이리라 맹꽁이는 생각했다. 가족 중 언니는 일찍 시집을 갔고 부모님과 남동생, 맹꽁이 이렇게 넷이서 살게 된 지도 벌써 2년이 지났다. 이제는 꽁이가 시집을 갈 차례…. 맹꽁이는 예불을 올리는 엄마를 피해 최대한 조용히 화장실로 들어갔다. 잠시 게임이나 해 볼까 하고 휴대폰을 열었더니 많은 문자 메시지가 와 있었다. 그중에 맹꽁이의 직장동료인 나방에게 온 메시지는 오늘 밤에 경리부 회식이 있을 것 같다는 내용이었다.

'옷 좀 신경 쓰고 가야겠네…. 입을 옷도 없는데...'라며 맹꽁이는 한숨을 내쉬었다.

* * *

"엄마 저 다녀올게요."

방 안에 계시던 맹꽁이의 아빠도 그 소리를 듣고 나오셨다. 아빠는 언제나 별말씀 없으셨지만 둘째 딸을 보고 자랑스럽다는 듯이 미소를 보내 주셨다. 현관문을 열자마자 후덥지근한 여름의 바람이 불어왔다. 단발머리가 눈을 덮치는 바람에 맹꽁이의 고개가 절로 숙여졌다.

서울 사무소는 꽁이가 일하는 안양 사무소와는 분위기가

전체적으로 달랐다. 복도에서 사람들을 마주칠 때도 깍듯하게 인사를 해야 했고 임원이 전화로 호출할 때에도 모두에게 존댓말을 사용했다. 딱 필요한 만큼만 간결하게 그리고 매너 있게, 그것이 서울사무소의 분위기인 듯 했다.

역량이 뛰어난 사람들이라서 어떠한 문제제기를 할 때면 자세히 설명하지 않아도 말하는 중간에 다 이해해버렸다는 듯한 표정을 지었다. 서울 사무소는 각자 바빠서인지 몰라도 상대의 시간을 뺏으면 서로에게 실례가 되는 듯한 분위기였다. 맹꽁이는 그런 서울 사무소의 분위기가 좋기도 했지만 어딘지 모르게 차갑게 느껴졌다.

월말 정산 시기에 회식이라니…. 각 부서에서 넘긴 서류들을 보며 맹꽁이는 한숨을 내쉬었다.

'그럴 리야 없겠지만 오늘 회식이 취소됐으면 좋겠다. 제발' 이라고 생각하며 맹꽁이는 열심히 키보드를 두드렸다.

두꺼비는 오랜만에 동네에서 친구들을 만났다. 사파리 대학을 졸업한 두꺼비의 친구 청개구리는 증권맨이고 세렝게티 대학을 나온 산토끼는 대학학원의 강사였다. 둘은 대학 때 입시 과외를 했는데 그중 산토끼는 아예 그 길로 진로를 결정해버린 케이스였다. 그러나 두꺼비는 부모님 바람대로 경영학과를 지원했고 킬리만자로 대학을 가게 됐다. 셋은 고교 동창이었으며 삼 년이라는 시간 내내 어울려 다니며 그 우정을 지금까지도 지켜오고 있었다. 시간이 흐르고 다들 사회인이 되자 각자의 취미가 바뀌었다. 산토끼는 요즘 골프에 빠져 있었고 청개구리는 특이하게도 룸살롱에 미쳐 있었다. 그러나 두꺼비는 서른이 넘은 나이에도 컴퓨터 게임을 가장 좋아했다.

술이 한 잔씩 들어가니 다들 말이 많아졌다. 대화의 주제는 지금 본인들의 모습이 예전에 꿈꾸어 왔던 것과는 많이 달라졌다는 것이었다.

증권맨인 청개구리가 이야기를 꺼냈다.

"구제 금융이 우리나라를 완전히 바꿨지. 공급과잉과 저성장의 시대야... 좋은 날은 다 끝났어. 식당이 망하는 이유는 식당이 너무 많아서야! 우리 동네는 치킨집 하나가 망하면 두 개가 생겨!"

강사인 산토끼가 맞장구를 쳤다.

"청량리에 공무원 시험 대비반이 개강하면 보통 300명 정도가 접수를 해. 그런데 일주일이 지나면 반 이상이 떨어져 나가고 또 일주일 지나면 다시 반이 떨어져 나가. 석 달짜리 강의가 끝날 때쯤이면 300명 중에 열댓 명이 남아. 그리고 그중에 한두 명이 합격해. 이게 현실이야!"

그들은 생맥주잔을 부딪치며 세상살이에 대해 토로했다.

"300명 중에 297명은 또다시 절벽 아래로 떨어지는 셈이지."
"식당이 망하면 중개업자만 또 좋아지는 거야."
"인테리어업자도 돈을 벌겠지."
"화폐가치가 올라가면 결국 돈 있는 사람들은 외국 여행 갈 맛이 날 거야. 하긴... 돈만 있으면 여기만큼 살기 좋은 데도 없지만 말이야."
"빚이 많은 사람들은 계속 그 나물에 그 밥이야. 옆 나라는 집값 폭락으로 수많은 사람들이 자살했다는데 앞으로 우리나라도 어떻게 될지 모르지."
"연봉이 작아도 매달 착실하게 적금을 모으는 사람이 있고 수입이 많아도 카드값 돌려 막다 외제차 타고 돈 꾸러 다니는 사람도 있지."

두꺼비는 그들과 이야기를 주고받다 잠시 생각에 잠겼다. 세상이 점점 스스로 욕망의 주인이 되기보다는 욕망에 지배당하는 사람들이 점점 늘어 가는 것 같았다. 결론이 나지 않는 이야기가 돌고 돌 무렵 청개구리가 갑자기 노래가 부르고 싶다고 말하자 그들은 자리에서 일어났다.

2차로 노래방을 예상하며 거리로 나온 친구들은 청개구리의 주도로 방향을 바꾸어 룸살롱으로 향했다. 청개구리는 어느 순간, 돈을 주고 여자를 만나는 게 익숙해져 버린 모양이었다. 얼마 전 여자 친구와 헤어진 산토끼가 가장 먼저 노래를 불렀다.

"누가 사랑을 아름답다 했는가, 누가 사랑을 아름답다 했는가!"

산토끼는 룸살롱에서 득음의 경지에 다다르고 있었다. 남자들끼리 있을 때는 대화가 거칠었지만 옆에 여자가 앉아 있다는 이유만으로 대화의 내용은 한결 부드러워졌다. 하지만 TV 드라마 이야기가 나오자 갑자기 산토끼가 격분했다.

"옛날에… 우리가 어렸을 적 드라마는 말이야. 시골 총각 둘이 서울에 맨몸으로 상경해서 고생 고생하다가 그냥 마음 맞는 사람하고 결혼해서 잘 사는 내용이었지. 그러다가 여주인공이 스튜어디스 정도 되니까 남주인공도 대기업 대리 정도로 나오더라고. 근데 IMF가 오니까 드라마 주인공이 마케팅 팀장님 아니면 실장님이 된 거야 그 정도 직급이 아니면 로맨스가 안 되는 거지. 프레젠테이션도 완전 멋있게 하고 외제차 딱 몰고! 그런 사람이 또 완전 잘생기기까지 했어요! 현실의 마케팅 팀장은 맨날 야근하고 스트레스에 치이면서 사는데…. 요즘엔 남주인공이고 여주인공이고 무조건 재

벌 2세나 대표이사야. 이 정도는 되어야지 연애가 되는가 봐."

산토끼는 여자 친구와 헤어진 후에 카드값을 메꾸느라 매달 마이너스의 인생을 살아가고 있었다. 오늘은 청개구리와 두꺼비가 친구인 산토끼를 위로하는 자리인 셈이었다. 술자리가 끝나자 그들은 아가씨들을 데리고 각자의 동굴로 흩어졌다.

맹꽁이는 엄마가 밥을 먹으라고 부르기 전까지는 침대 위에서 뒹굴거릴 생각이었다. 토요일 아침엔 늦잠을 잘 수 있어 행복했다. 문자 알림 소리에 휴대폰을 열어 보니 친구 호랭이로부터 메시지가 와 있었다. 최근에 곰순이가 시집을 가게 되었는데 아주 대박이더라는 내용이었다. 맹꽁이의 친구인 곰순이는 사회복지사로 일했었다. 자신이 하는 일에 집중하는 것은 좋지만 일반인인 친구들에게 "복지가 중요해 복지가 중요해"라고 듣기 거북할 정도로 끊임없이 말하던 곰순이가 함께 어울리던 친구들 무리 중에서 제일 먼저 시집을 간다니…. 호랭이의 말에 의하면 곰순이가 의료봉사단에 합류해서 봉사 활동을 간 곳에서 어떤 의사 선생과 눈이 맞았다는 것이었다. 사회복지사로 박복하게 살 것만 같았던 곰순이가 신데렐라 구두를 신어버렸다. 호랭이는 곰순이의 결혼에 주절주절 말이 많았다. 얼마 전 곰순이네 놀러 갔더니 남편이 동그라미가 네 개 그려진 차로 마중을 나왔고 명품 가방을 선물 받았더라는 것이 주 내용이었다.

순간 맹꽁이의 머릿속에는 명품 가방을 메고 "복지가 중요해"라고 말하는 곰순이가 떠올랐다. 맹꽁이는 자신도 모르게 친구의 모습을 상상했다.

2.

맹꽁이는 두꺼비를 짝짓기 상대로 여기지 않습니다

두꺼비는 회사 사람들 중 누구보다 일찍 출근하는 편이었다. 7시 반부터 8시 반까지 한 시간 동안은 누구의 전화도 받지 않고 일을 할 수가 있었다. 이 잠시의 시간 동안 일하는 것이 오후에 두 시간 일하는 것보다 훨씬 능률이 오른다는 생각이었다. 9시가 지나면 거래처에서 전화가 오기 시작했다. 두 대리는 점심 식사 가기 전, 전화 배터리를 교체했고 다시 퇴근하기 직전에 배터리를 교체했다. 가끔은 목이 아프기도 했다. 이것도 직업병이라고 한다면 전화가 오지 않을 때에도 주머니의 전화기가 진동하는 것처럼 느껴지기도 하고 전화가 올 것만 같은 기분이 계속 든다는 것이었다.

가끔은 여러 장의 서류를 한꺼번에 인쇄해야 할 일이 있는데 공동으로 사용하는 복합기 앞에서 두세 사람이 죽치고 서 있을 때가 있었다. 그들은 본인의 서류가 나오길 기다리는 짧은 틈을 타 서로의 안부를 물었다. 전산실의 입사 동기가 두꺼비에게 산악회에 갈 거냐고 묻자 두꺼비는 당연히 가야지라고 말하고 자리에 돌아오자마자 사내 공지 게시판을 열었다.

– 추석이 끝나고 가을 단풍이 물들어 가는 9월 첫 번째 일요일 산악회를 다시 시작합니다. –

'그래 이번 기회에….'

두꺼비는 속으로 이번에야말로 맹 대리에게 자신의 마음을 고백하리라 다짐을 했다. 퇴근 후 집으로 가는 도로는 평소보다 훨씬 더 막히기 마련이었다. 두꺼비는 차 안에서 도착 시각에 맞춰 집으로 전화를 했다.

"엄마 집에 다 와 가요."
"아들 밥은 먹었니?"
"아직 못 먹었어요. 금방 들어갈게요."
"그래 같이 먹자꾸나…. 내 할 말도 있으니까."

집에 들어서니 맛있는 냄새가 났다.

"엄마 저 왔어요."
"아이고 우리 아들, 오늘도 고생했네…."
두꺼비의 엄마는 아들의 엉덩이를 두들기며 말했다. 그러다 갑자기 엄마는 진지한 얼굴을 하며 두꺼비에게 말했다.

"너 엄마가 좋은 아가씨 소개해 줄 테니 이번 주말에 선 봐라!"
"엄마, 사실 나 좋아하는 여자 있어."
"맹꽁인지 뭔지 하는 애 말이냐? 몇 살이니? 무슨 띠야?"

"나보다 네 살 어려요."

"그럼 잔나비 띠네…. 재주가 많겠구나. 생일은 언제니, 몇 시에 태어났니?"

"그걸 제가 어떻게 알아요."

상대의 띠와 생년월일 사주를 물어볼 때마다 두꺼비는 엄마가 과연 절실한 크리스천이 맞나 하는 의문이 들었다.

"아무튼 교회 아는 사람이 다른 교회 사람 중에 정말 믿음이 좋고 훌륭한 집 자제라고 하니 꼭 만나 봐라. 그때까지 살도 좀 빼고."

두꺼비는 그러겠다고 대답하고 방으로 돌아왔다. 컴퓨터로 통장 잔고를 확인해 보니 거의 0에 수렴하는 숫자뿐이었다. 나름 괜찮은 대학을 나와 번듯한 직장에 다니고 있음에도 불구하고 적지 않은 대출금 등은 자신감 결여의 원인이 됐다. 그나마 내년 중순쯤이면 다 갚을 것 같았다. 부모님은 아들이 착실히 돈을 잘 모으고 있는 줄 아셨지만 이 나이 먹도록 집은 고사하고 자동차까지도 부모님이 사 주신 것을 몰고 있었다. 당분간은 부모님의 그늘에서 살아야 할 것 같아 두꺼비는 마음이 불편했다.

기린은 아침에 출근하자마자 동료로부터 지브라 씨가 일

신상의 이유로 퇴사했다는 소식을 들었다. 당분간은 원 전무님이 직접 운전하며 출퇴근을 한다고 했다. 그날 저녁 회식 자리에서 총무부의 두꺼비가 기린에게 다가왔다.

"기린 씨 술 안 좋아하지? 집도 서울이고…. 그럼 회식 끝나고 기린 씨가 원 전무님 대리운전 한번 해 줄 수 없어? 지브라씨가 그만둬서 말이야…"

"저야 문제없죠."

"10시 전에 끝날 거야…. 그럼 미리 차 키부터 줄게."

원 전무의 집은 여의도였고 기린의 집은 그곳에서 지하철을 한 번만 타면 금방 갈 수 있는 화곡동이었다. 주차장에서 차 키의 버튼을 누르니 중형 세단에 불이 들어왔다. 기린은 탈의실에서 가방을 챙겨 들고 차 안에서 TV를 보며 기다리기로 했다. 뉴스에서 날씨를 알려줄 때쯤 두꺼비로부터 전화가 왔다. 원 전무는 회식 자리에서 먼저 떠나는 분위기였고 함께한 직원들이 전부 배웅을 하고 있었다. 잠시 후 원 전무가 차에 탔고 기린은 천천히 차를 몰았다.

"이름이 뭔가?"

"신기린입니다. 지난 6월에 입사했습니다."

"그래…. 내비게이션에 '우리 집' 치고 가면 되네. 206동 앞에서 깨워 주게."

원 전무는 한동안 창밖을 응시하다가 잠이 들었다. 기린은 이런 럭셔리 독일 세단은 처음 운전해 보았지만 긴장한 탓에 승차감이 좋은지 나쁜지 감이 오질 않았다. 여의도로 향하는 내내 원 전무와 기린은 아무런 대화도 없었다.

범부 아파트는 부자들이나 사는 그런 아파트였다. 기린이 차에서 내리려고 하니 원 전무는 그럴 필요 없다며 아파트 로비로 걸어 들어갔고 기린은 원 전무가 보이지 않을 때까지 자리를 지키다가 설명 들은 대로 지하주차장으로 내려갔다. 기린의 생각에 원 전무는 말수가 적은 사람인 것 같았다. 계단으로 올라오면 될 것을 기린은 어두운 밤길을 잃어버릴 것 같아 차를 몰고 내려온 도로를 그대로 따라 걸어 올라왔다. 지상으로 올라오니 지하철역까지는 멀지도 가깝지도 않아 보였다. 10분 정도 걸었을까 기린의 눈에 낯익은 장소가 나왔다. 빌딩 숲이 은은한 조명으로 채색이 되는 여의도의 밤은 낮보다 훨씬 아름다운 듯했다.

드디어 회사의 산악회 날. 두꺼비는 전날 시내에 나가 등산복을 새로 장만했다. 거울에 비친 자신의 모습이 평소보다 더 커 보였지만 자신이 걸친 비비드 색상의 등산복이 맘에 들었다. 사내의 등산은 보통 토요일에 했다. 이유는 단순했다. 산악회 회장인 안양 사무소의 상무가 일요일엔 교회를 다니는 절실한 크리스천이었기 때문이었다. 등산로 입구에 다다를 즈음 사람들이 하나둘 씩 모여들었다. 그들은 약속했던 시간보다 20여 분이 지나서야 출발했다. 둘러보니 오늘은 대충 30여 명 가까이 모인 것 같았다. 산 중턱에 이르러서야 다 같이 집에서 싸 온 간식을 펼쳐 놓고 한숨을 돌렸다. 맹 대리가 두 대리에게 쿠킹 포일에 싼 오이를 하나 건네주었다. 옆에서 지켜보던 경리부 오징어 과장이 한마디 했다.

"맹 대리는 살림꾼이야. 앞으로 살림도 잘하겠어, 허허."

두 대리는 정말 그랬으면 좋겠다고 생각하며 오이를 소리 내어 씹었다. 정상에 오른 무리는 각자 휴대폰을 꺼내서 사진을 찍기에 바빴다. 생각해보니 선배들의 홈페이지 대문 사진은 하나같이 등산복 차림이었던 것 같다. 중년 남자들이 사진 찍을 일은 산 정상에서밖에 없다는 듯이…

산행은 아쉬운 듯 끝났다. 선선한 날씨 덕분인지 땀도 많이 나지 않았던 것 같다. 하산길에 대부분의 회원들은 자연스럽게 가까운 파전집으로 향했다. 산악회 회장인 김철수 상무는 이번이 자신과 함께하는 마지막 산행이며 본인은 정년 퇴임을 앞두고 있다고 말했다. 왁자지껄했던 파전집의 분위기는 금방 숙연해지는 듯했지만 사람들은 다 같이 박수를 치며 수고 많으셨다는 등 심심한 위로의 말을 했다. 산악회 사람들과 함께하는 회식 자리는 다른 지역에서 근무하는 분과도 친해질 수 있는 좋은 기회이기도 했다. 술자리가 무르익을 무렵 때 두 대리는 맹 대리의 옆으로 자연스럽게 자리를 옮겼다.

“저기…. 맹 대리. 여기 끝나고 집으로 바로 가?”

“네. 왜요?”

“아니.. 내가 바래다줄까 해서...”

“네?”

맹꽁이 대리는 두꺼비 대리의 갑작스러운 제안에 잠시 당황한 듯 말이 없었다. 회식 자리가 끝나고 사람들은 잘 가라는 인사와 함께 삼삼오오 각자의 집으로 흩어졌고 버스 정류장에는 두 대리와 맹 대리만 남았다.

“우리 택시 타자.”

두 대리는 맹 대리의 의견을 묻지도 않고 손을 들어 택시를 잡았다. 두 대리에게는 잠시라도 맹 대리와 단둘이 이야기할 공간이 필요했다. 잠시 후 맹 대리의 집 근처에 도착했을 때 두 대리는 커피 한잔하겠느냐고 물었지만 맹 대리는 피곤하고 집에 가서 씻고 싶다며 거절했다. 마침내 그녀의 집 앞에 도착했을 때 두 대리는 큰맘 먹고 기습 키스를 시도했으나 결과는 참담했다. 눈앞에 불이 번쩍이는 것을 느낀 두 대리는 술기운에 실수를 했다며 곧바로 사과했지만 맹 대리는 끝까지 듣지도 않고 후다닥 집으로 뛰어들어 갔다.

이후 두 대리는 집에 돌아오는 길에 맹꽁이로부터 한 통의 문자 메시지를 받았다.

– 내일 저희 어머니 생신인데 혹시 우리 집에 올 수 있나요? –

두꺼비는 오른손 주먹을 불끈 쥐고 고개 숙여 휴대폰의 화면을 응시했다. 그리고는 그렇게 하겠다고 맹 대리에게 답장을 보냈다.

일요일 맹꽁이 어머니의 생신날이 되었다. 맹꽁이는 두꺼비가 자신을 오래전부터 좋아해 왔다는 것을 알고 있었기에 한 번쯤은 만나 봐야 할 것 같았다. 자신을 좋아해 주는 건 좋지만 그렇다고 주변 사람들에게 두 대리가 본인을 마음에 두고 있다고 소문이 나는 건 싫었다.

쇼핑몰 앞에서 기다리겠다는 두 대리를 만나러 약속 장소에 나가 보니 깔끔하게 차려입고 머리까지 신경을 쓴 남자가 맹 대리를 기다리고 있었다. 맹 대리가 반갑게 인사를 하자 두 대리의 첫마디는 어머님이 뭘 좋아하시냐는 질문이었다. 맹꽁이는 엄마가 평소에 자기 자신이 갖고 싶은 것을 잘 표현하시는 분이 아니라서 잘 모르겠다고 답했지만 두꺼비는 꽁이를 태우고 쇼핑몰 안으로 차를 몰았다. 여러 가지 과일이 들어 있는 선물세트를 하나 사 들고 두 사람은 예약한 식당으로 향했다.

식당에 도착하니 맹꽁이의 아버지는 음식이 나오기도 전에 벌써 한잔 걸치신 모양이었다. 얼큰한 듯 불콰해진 얼굴로 두꺼비에 대한 호구조사가 진행되는 동안 맹꽁이의 어머니는 아무 말도 없이 두꺼비를 계속 쳐다보았다. 맹꽁이가 가족들에게 회사의 남자를 소개하는 것은 이번이 처음이었다. 집으로 자리를 옮기니 맹꽁이 언니네 식구가 먼저 와 있었다. 어머니와 언니는 과일을 깎고 두꺼비와 맹꽁이의 형부는 이야기를 나눴다. 꽁이는 방에서 화투를 가지고 나와 말했다.

"우리 이거 하자! 고스톱!"

"어색한 사람들끼리는 게임을 해야지 쉽게 친해지지. 게임하는 걸 보면 그 사람 성격도 알 수 있고…."

거실에 자리를 잡고 판을 벌일 준비를 할 때 어머니가 과일 접시를 가지고 오셨다. 그리고 두꺼비에게 처음으로 한마디 했다.

"우리 꽁이... 잘 부탁해요."

어머니는 두꺼비를 바라보며 활짝 웃으시며 방으로 들어갔다. 그날 저녁 두꺼비는 게임이라고 하기엔 조금 과하다 싶은 금액을 꽁이의 형부와 아버지에게 상납했다. 잘할 줄 모르는 건지 아니면 일부러 잃어 준 건지는 누구도 알 수 없었다.

시간이 흐르고 먼저 집에 가겠다고 말하며 일어나는 언니네 가족을 배웅한 후 두꺼비는 꽁이에게 따로 맥주 한잔하자고 말했다. 호프집에서 나온 후 맹꽁이는 걸어가는 게 편하다고 했지만 두꺼비는 한사코 데려다주겠다고 했다. 그리고 집 앞에서 헤어지기 직전 그는 다시 한번 키스를 시도했다. 맹꽁이는 전보다 격하진 않았지만 거부감이 들어 양손으로 밀치며 고개를 돌렸다.

"아직은 아니에요… 좀 천천히 가면 안 될까요?"

맹꽁이의 양어깨를 잡은 두꺼비의 손에서 힘이 빠져나가고 있었다.

두꺼비는 밤 10시가 넘어서야 집으로 돌아왔다. 두꺼비의 엄마는 수고가 많았다며 아들의 어깨를 두드리며 말을 건넸다.

"밥은 먹었고? 안 피곤하니? 근데 맹인지 뭔지 하는 애한테서 연락은 있냐?"

"연말이라서 그 친구도 저처럼 바빠요."

"연애보다 더 중요한 게 뭐가 있겠니?"

사실 두꺼비는 오늘 저녁 식사도 같이 하자 제안했지만 거절당했다. 맹꽁이의 집에 다녀온 이후 둘 사이에는 눈에 보이지 않는 어떤 거리감이 생겨버렸는데 그 사실을 어머니께 말씀드릴 수는 없는 일이었다. 두꺼비의 계산에는 곧 있을 상무님 아들의 결혼식에 맹꽁이도 참석할 것이고 두꺼비는 결혼식이 끝나면 꽁이에게 근사한 레스토랑에 가서 맛있는 것을 먹자 이야기해 볼 계획이었다.

"맹꽁인지 뭔지 하는 애 나도 한번 보고 싶다. 한번 데리고 와 봐라."

"아…. 아니에요. 아직은."

"이놈이 너는 그 집에 다녀오고 이 엄마는 안 보여 주겠다는 거냐 뭐냐?"

"그럼 이번 주 토요일 날 김철수 상무님 아들 결혼식이 있는데요. 그때 와서 한번 보시겠어요?"

"내가 그 애를 보러 남의 결혼식에까지 가야 되겠니? 그냥 핸드폰에 사진 있으면 한번 내놔 봐라."

두꺼비는 산악회에서 사람들과 같이 찍은 사진을 어머니께 보여드렸다. 엄마는 한참 동안 사진을 뚫어져라 바라보고는 이렇게 말했다.

"여기 쪼그마한 아가씨가 그 애니?"

"네."

"이렇게 봐서는 모르겠다. 결혼식 날 다시 보자."

맹꽁이는 아침 일찍 일어나서 화장을 했다. 화장이 잘 먹은 날은 왠지 기분이 좋아졌다. 결혼식장에 조금 늦게 도착해 상무님 이름을 찾아보니 3층에서 식이 진행되고 있는 것 같았다. '김철수 이영희의 자 신랑 김바둑' 3층 에메랄드 홀 결혼식장 입구에는 '애니멀 전자'의 원숭이 전무가 보낸 화환이 보였다. 예식장의 꽃장식과 조명들은 화려했으며 맹꽁이도 다른 회사 사람들과 섞여 예식장 뒤에 서서 예식을 구경하고 있었다. 가끔 사람들이 고개를 숙이며 목사님 말씀에 '아멘' 하고 대답하는데 맹꽁이는 그 타이밍을 종잡을 수가 없었다.

목사님의 주례가 이어졌다.

"결혼은 하나님께서 주시는 축복입니다. 어떻게 하면 주님 안에서 행복한 가정을 이룰 수 있을 것인지 생각해 봅니다. 기도합시다.

첫째 주님께 모든 것을 믿고 맡겨야 합니다. 순종하는 삶입니다.

둘째 그리하여 하나님 은혜가 충만해야 합니다.

셋째 부부가 서로 존중하고 상대방의 입장을 존중해 주십시오.

넷째 마치 하나님을 섬기듯 부모님을 공경해야 합니다. 섬기는 자세가 필요합니다.

아멘."

두꺼비는 눈을 감고 기도했다. 그때 두꺼비의 어머니가 허리를 90도로 숙인 채 두꺼비 옆자리로 다가왔다. 어머니는 커다란 선글라스에 스카프를 머리부터 턱까지 두르고 있었다.

"누구냐? 어디 있니?"

"이제 예식이 끝나 가니까 밑에 식당에서 찾아보죠."

"괜찮아 보이는 아가씨들 몇 명 보이는데 저기 갈색 옷 입은 애, 쟤는 어떠니?"

"아니요… 좀 있다가 아래층에서 봐요."

"난 저런 애가 맘에 드는데 같은 회사 일하는 애냐? 몇 살이니?"

"에휴… 잘 몰라요."

두꺼비 어머니의 눈길을 끄는 여성들은 신규 입사자들이었는데 아무래도 어머니의 시선은 그쪽으로 계속 가는 모양이었다. 이윽고 예식이 끝나고 맹꽁이는 식당으로 내려갔다. 두꺼비와 어머니도 식당으로 내려갔다. 맹꽁이가 자리에 앉아 포크로 샐러드를 한입 찍어 먹을 순간, 옆자리에 두꺼비가 따라와 앉았다.

"맹 대리, 오늘 예쁘게 하고 왔네?"

"아, 네."

"오늘 끝나고 뭐 할 생각이야?"

"그건…."

"시간 있으면 나랑 영화 보러 갈래? 끝나고 근사한 레스토랑에 가도 좋고…."

"오늘은 좀..."

그때 맹 대리의 친구 호랭이로부터 전화가 왔다.

"알았어!"

통화를 마치고 맹꽁이는 한동안 아무 말 없이 접시에 있는 음식을 먹더니 바로 일어났다.

"저 지금 친구를 만나기로 했거든요. 말씀 감사한데 다음 기회에 해요."

맹꽁이는 종종걸음으로 인파 속을 빠져나갔고 건너편 테이블에서 이 모든 것을 지켜보던 두꺼비 어머니의 눈빛은 다시 선글라스 속으로 사라졌다.

원 전무에게 인사하고 헤어진 것은 한참 전이었지만 두꺼비는 집 앞 실내포차에서 홀로 한잔하고 들어왔다. 집에 들어오자마자 두꺼비의 엄마는 기다리고 있었다는 듯이 아들을 노려봤다.

"떡두꺼비 같은 내 새끼를 감히 무시하다니! 꺼비야! 엄마가 영적인 눈으로 봐서 그 애는 아니다. 접어라."

"엄마!"

"잊어."

"그게 아니고…."

"안 된다."

"엄마…."

"잊으라니까! 나는 먼저 들어가 잘 테니 앞으로 내 앞에서 그 애 이야기는 꺼내지도 마라!"

두꺼비는 거실의 소파에 앉아 등을 기댔다. 넥타이를 간신히 풀어헤친 두꺼비는 고개를 떨구며 '가슴에 묻어야 하나? 한 번 더 마음을 전해야 하나…'를 계속 갈등하다 소파에 기대어 까무룩 잠이 들었다.

새벽 4시쯤이 되어서야 몸에 한기를 느끼고 잠에서 깬 두꺼비는 트레이닝복으로 갈아입고 담배를 사기 위해 편의점으로 향했다. 엘리베이터 안의 거울에 비친 모습은 엉망이었다. 떡 진 머리에 수염은 덥수룩했다. 담배는 고등학교 때부터 한 20여 년 피운 것 같았고 아무 생각 없이 운동복 차림으로 나온 새벽 거리는 생각보다 추웠다. 편의점에서 담배를 구입해 돌아오며 한 대를 피우니 목이 말랐다. 집에 돌아와 주방에 있는 물 한 잔을 마시고 나니 오히려 잠이 달아나 정신이 말똥말똥해졌다.

두꺼비는 거실 불을 끈 채 TV를 켰다. 홈쇼핑은 재미없었고 영화는 예전에 이미 봤던 것들이었다. 동물을 소재로 하는 다큐멘터리가 차라리 아무 생각 없이 보기 좋았다. 짝짓기 시기가 되면 수사슴은 뿔을 부딪치고 공작은 꼬리의 깃털을 펼쳤다. 동물들은 하나같이 암컷보다 수컷이 더 멋지고 화려해 보였다. 인간의 경우는 잘생기고 멋진 남자도 있지만 여성이 더 많이 치장하고 꾸미는 것 같았다. 그리고 동물들은 짝짓기 기간에만 육체적 욕구를 육체적 방법으로 해결하는 반면 인간은 특별히 짝짓기 기간이라는 게 없고 육체적 욕구를 사회적 관계를 통해 해결해야 했다. 생각해보면 그래서 어렵고 지랄 같다고 느껴졌다.

다시 잠이 쏟아졌다. 크리스마스에 프러포즈 준비를 어떻게 한번 해 볼까? 두꺼비는 TV를 켠 채 잠이 들었다.

3.

기린은 새 보금자리에 정착을 합니다

트럭 기사가 자제창고 앞에 차를 세우면 지게차를 모는 직원이 파렛트를 내리고 다음 사람은 제품번호대로 분류한 상자를 옮겼다. 기린은 문득 그 모습이 컴퓨터 온라인 게임에서 일꾼들이 자원을 캐서 옮기는 장면과 흡사하게 보였다. 이 일도 몇 달 반복하다 보니 새로울 것이 없어 하루하루 지루해지는 느낌이었다. 그때 육 계장이 기린에게 와서 이 부장님의 호출 소식을 전했다.

"날 부를 일이 없을 텐데…."

기린은 하던 작업이 거의 끝나가니 바로 가겠다고 말했다.

기린을 만난 이 부장은 본사의 대표이사가 외국인이었는데 임기가 다 되어 본국으로 돌아간다며 안양 사무소의 원 전무가 곧 대표이사로 발령이 날 거라는 소식을 전했다. 얼마 전 원 전무의 수행 비서였던 지부라 씨가 퇴사한 관계로 원 대표의 취임식이 있기 전까지 그 자리를 대신 할 사람이 필요하니 지점별로 입사자 중 서울 거주자 위주로 인재를 추천하라는 공문이 왔다는 것이다.

"다음 주 월요일에 정장 입고 서울 사무소 가서 면접을 보게나. 어차피 여기 오래 있어 봐야 남는 것도 없어. 일단 가 봐. 자네에게도 좋은 일이 있을 거야."

기린은 이곳에서 일하는 게 특별히 나쁠 것도 좋을 것도 없다고 생각했다. 시간은 빠르게 흘러갔고 일식집에서 일하던 것에 비하면 보수도 괜찮은 편이었다. 기린의 귀에는 '오래 있어 봐야 남는 게 없어'라는 이 부장의 말이 자신이 그렇다는 것으로 들렸다. 인간이란 시간이 지나면 어디건 다 익숙해지기 마련이니까….

저녁나절 기린은 평상시와 같은 시간에 집으로 돌아왔다. 간단히 씻고 옷을 갈아입은 후 엄마에게 부엉이를 만나 놀다 오겠다고 말을 했다.

"또 그 미친년 대가리 한 새끼 만나러 가니? 걔는 항상 머리가 그게 뭐냐?"

기린은 답변도 하지 않고 집 밖을 나섰다.

"Yo man! Wassup?"
"C'mon Homie."

기린이 방문한 부엉이네 집의 진열장에 LP와 CD는 많았지만 책은 단 한 권도 없었다. 기린이 최근에 읽은 책이 없냐고 묻자. 부엉이는 없다고 잘라 말했다. 문득 부엉이는 어떤 기억이 난 듯 자신의 책상 서랍을 열고 오래된 종이 상자 하나를 꺼냈다.

"야, 이거 네가 나한테 선물한 거야. 나 미국 유학가기 직전에 말이야."

상자를 열자 안에는 마이클 조던 반짝이 스티커, 신해철, 듀스의 카세트테이프 그리고 〈영웅본색〉 비디오테이프가 들어 있었다. 여러 물건들 중 기린은 듀스를 꺼냈다. 그리고 책상 위에 있던 샤프를 테이프 구멍에 꽂아 돌렸다.

"이거 이렇게 감곤 했었지."

둘은 피식거렸다.

"넌 어떻게 내가 준 거 하나도 안 버리고 그대로 가지고 있냐?"

부엉이는 미국에서 많이 외로웠다고 했다. 기린은 중학교 때 미국유학 가는 친구가 부럽지 않았는데 기억에 남는 단 한 가지는 어느 날 부엉이가 보낸 편지에 마이클 조던을 실제 농구장에서 목격했다는 소식을 듣고 그 사실 하나만은 정말 부러워했다. 그 당시 청소년들에게는 두 명의 신이 있었다. 한 명은 하늘을 나는 마이클 조던이었고 다른 한 명은 총에 맞아도 죽지 않는 주윤발이었다.

"너 그 대사 기억하냐? 자네 신을 믿나?"

기린이 부엉이에게 눈을 빛내며 영화 속의 대사를 읊조리자 부엉이가 화답했다.

"내가 바로 신이야! 자기운명을 마음대로 할 수 있는 사람이 신이지."

둘은 곧 주먹을 맞대었다.

다음 날 아침, 신기린은 면접을 위해 정장을 입었지만 중요한 날에 넥타이를 매면 항상 마음에 들지 않아 풀었다 다시 매기를 두세 번 해야 직성이 풀리곤 했다. 기린은 아빠의 장롱을 열어 내일 어울릴 만한 넥타이를 골랐다.

월요일 아침 서울 역삼동 본사 앞은 많은 사람들로 붐볐다. 리셉셔니스트 고라니 씨가 기린을 회의실로 안내했다. 1차 면접 지원자만 10명이 넘었다. 내부 직원은 기린을 포함해 4명이 지원했고 나머지는 경력이 많은 외부 지원자들이었다. 지원자 중 기린이 가장 젊었다. 면접을 진행하는 채용 담당자는 2명이었으며 둘 다 매우 명석해 보이는 사람들이었다.

처음 의자에 앉자마자 기린은 이렇게 말했다.

"Thanks for the opportunity…."(기회를 주셔서 감사합니다.)

그냥 하는 말이었다. 일상생활에 영어를 쓸 일이 거의 없다 보니 어쩐지 어색했지만 가끔 이태원에서 친구들과 놀 때처럼 말할 수는 없는 노릇이었다. 면접관은 서로를 잠시 쳐다보더니 한국어로 면접을 시작했다. 우선 자기소개를 간단하게 요구했고 교통법규, 자동차 정비에 관한 질문이 이어졌다. 면접이 끝나 갈 때쯤 면접관들은 기린의 옆에 앉아 있는 지원자에게 영어로 질문을 했다. 질문은 계속되었고 옆에 있던 분은 계속 말을 머뭇거리더니 끝내 답변을 못했다. 기린은 자신에게도 간단한 질문이 올 것이라 생각하며 마음속으로 답변을 작문해 보고 있었다.

면접관이 기린에게 상식문제라며 영어로 질문을 했다. 다 알아들었지만 답변하기가 어려웠다. 첫 번째 질문의 답은 '식중독'이고 두 번째 질문의 답은 '심리전'이었다. 그런데 옆에 앉아 있던 분과 마찬가지로 기린도 명확하게 영어로 답을 하지 못하고 머뭇거리는 자신을 발견했다. 적당한 영어 단어가 생각나지 않은 기린은 무심결에 한국말을 해버렸다.

"식중독… 심리전…."

격식 있는 영어를 사용한다는 것은 생각보다 힘든 일이었다. 정신을 차리고 기린은 영어로 이렇게 답변했다.

"Would please more simple question for me?"
(저에게 몇 가지 간단한 질문을 주시면 안 될까요?)

면접관은 서로를 다시 한번 쳐다보고 기린에게 평이한 질문을 계속했다. 이후 기린은 면접관의 영어 질문에는 별문제 없이 답변할 수 있었지만 회사원들이 쓰는 격식을 갖춘 문장이 아니라 친구들끼리 쓰던 그런 생활영어 수준의 답변이었다.

"마지막으로 하실 말씀 있으십니까?"

면접관이 기린을 쳐다봤다. 기린은 지금 기존의 일을 하고 있는 중이니 면접이 안 돼도 상관없다는 생각이 들자 오히려 긴장이 풀리는 듯했다. 기린은 일어나서 면접관에게 악수를 청했다. 그리고 '좋은 사람 뽑으시기 바랍니다'라고 말한 뒤 밖으로 나왔다.

사실 어찌 되든 별로 상관이 없었다. 자신은 이미 직장을 다니고 있는 상태였고 진급을 하는 것도 아니고 특별히 급여가 많이 늘어나는 일도 아니었다. 단지 새로운 길을 달리고 새로운 사람을 만나는 것도 좋지 않을까 하는 생각에 시도해 본 일이었다. 기린은 군대 제대 후에 학업을 접은 뒤로 제도권이 요구하는 공부에는 전혀 관심을 두지 않았다. 단지 자신이 살면서 궁금해하는 것들에만 집중했다.

사무실에 도착하자 이 부장이 기린을 호출했다.

"자네 1차 면접에 합격했어. 이제 2차 면접만 남았어! 자네도 아는 분 아닌가? 원 전무님! 이제 원 대표이사님이라고 부르고 내일 서울 사무소로 바로 가서 직접 만나 보게."

"저 2차 면접은 몇 명이 보나요?"
"자네 한 명이야."

2차 면접은 12월 24일 오후 2시였다. 기린은 천천히 일어나 밥을 먹고 1시에 서울 본사에 도착했다. 대기실에 앉아 있으니 인사과 직원이 기린을 데리고 사무실 안쪽으로 이동했다. 사무실에 들어서자 한 남자의 고함 소리가 들렸다. 서류 몇 장이 날카롭게 공기를 가르며 책상 위에 패대기쳐졌다.

"판단 근거가 있어야 할 거 아니야? 이걸 보고서라고 작성했나? 역량이 없는 것들이 노력도 안 해! 어쩌자는 거야!"

눈이 날카롭게 찢어진 재규어 부장은 기린이 면접 때 봤던 면접관들 중 한 명이었다. 인사과의 수달 대리가 상황이 정리되기를 기다리다 잠시 후 간신히 입을 열었다.

"저기 부장님… 새로 오신 분이요. 사장님 비서 데리고 왔습니다."

"어? 그래? 알았어."

재 부장은 두 손가락으로 기린을 가리키더니 대표이사실 옆의 회의실로 따라오라고 손짓을 했다. 기린은 방금 전의 분위기에 적응이 안 된 듯 불편함을 느꼈다. 재 부장은 기린에게 명함을 주며 악수를 청했다. 그의 손은 크고 거칠었으며 악력이 셌다. 그리고 일하면서 필요한 일이 생기면 대표이사한테 직접 말하지 말고 자기를 거쳐서 말하라고 했다. 그리곤 잠시 기다리라는 말을 남기고 그는 회의실에서 나갔다.

애니멀 전자

Management Support Team/경영지원팀

재규어 부장/팀장

2분 정도 지났을까… 재 부장이 문을 열고 두 손가락으로 기린을 가리키며 나오라는 신호를 보냈다. 그리고 대표이사의 방문을 노크하고 들어갔다.

"아까 말씀드린 신기린 씨입니다."
"어 그래… 나가 보게. 자네는 여기 앉게."

원 대표는 확인하고 있던 서류들에서 눈을 떼지도 않고 대답했다. 대표이사실은 모든 게 달랐다. 카펫의 두께도 두꺼웠고 방 벽의 두면은 통유리로 되어 있어 밖이 시원스레 내다보였다. 원 대표는 책상에서 일어나 기린이 앉아 있는 회의 테이블로 천천히 걸어왔다. 원 대표는 단신이었지만 목소리는 나름 권위 있고 굵었다.

"음 그래 안양에서 일했었고?"
"네."
"들어온 지는 얼마 안 됐군."
"네."
"내가 오늘부터 1월 1일까지 휴가일세. 좀 있다가 우리 집에 같이 가지. 자네 우리 집은 어디인지 아나?"
"지난번 회식 때 한번 모신 적 있습니다."
"그래? 그럼 30분 뒤에 1층 로비에서 보지."

기린은 원 대표에게 인사를 하고 대표이사실을 나왔다. 원 대표는 기린을 기억하지 못했다. 기린은 재 부장으로부터 차 키를 전달받기 위해 다시 지원팀으로 갔다. 재 부장은 부원들에게 기린을 간단히 인사시키고 앞으로 앉아 있을 자리를 알려주었다. 그리고 1층 로비로 내려가자고 했다. 원 대표의 전용 주차 공간에는 지정 주차번호까지 표시가 되어 있었다. 원 대표의 차를 몰아 로비 앞에 세우고 자신의 쪽으로 걸어오는 기린을 본 재 부장은 담배를 비벼 끄고 말했다.

"오늘 가면 새해에 보겠네. 1월 2일부터는 사장님하고 같이 출근하게."

"네."

"기사대기실은 따로 없어, 앞으로 시간이 남을 때는 경영지원팀의 업무를 지원해 주면 돼.

뭐 어려울 건 하나도 없을 거야."

"네."

"뭐 궁금한 건 없나?"

"저 말고 다른 비서분은 없나요?"

"원래 있어야 하는데… 지금은 없어. 다른 임원들은 전부 본인이 운전해. 그리고 회사 일에 적응이 되면 말해 주려고 했는데 앞으로는 혼자 인천공항에 가서 외국인 손님을 픽업하는 일이 많을 거야. 그게 자네의 주 업무라고 볼 수 있지."

"아, 네."

본관의 회전문 뒤로 사람들이 누군가에게 인사를 하는 모습이 보였다.

"나오시나 보네… 잘 부탁해. 그리고 너도 휴가 받을 거야. 자세한 것은 1월 2일 날 다시 이야기하자고…. 차에 들어가서 앉아 있어 문은 내가 열 테니."

"네."

"메리 크리스마스!"

"휴가 잘 다녀오십시오."

"그래, 새해에 보자고."

재 부장과 헤어진 후 원 대표를 태운 기린은 천천히 역삼동 본사의 사옥을 빠져나왔다. 여의도 자택에 도착할 때까지 두 사람은 한마디의 말도 없었다. 기린은 지난번 원 대표가 내렸던 자리에 차를 세웠다.

"자네도 잘 쉬고 우리 새해에 다시 보지. 이름이 뭐라고 했지?"

"신기린입니다."

"그래 수고했어. 지하 2층 아무 데나 주차하게."

"네, 알겠습니다."

기린은 지하 주차장에 차를 주차하고 천천히 걸어 올라왔다. 차 안에 있을 때는 몰랐는데 여의도 빌딩 숲 사이의 바람은 매섭고 차가웠다.

“앗! 눈이다.”

기린은 손을 뻗어 눈송이를 잡았다. 눈송이는 손에 닿자마자 녹아버렸다. 기린은 빠른 걸음으로 지하철로 향했다. 지금은 눈 내리는 오후 4시, 조금 이른 퇴근이라 그런지 기분이 상쾌했다.

두꺼비는 보름 전부터 크리스마스이브에 맞추어 저녁 식사 예약을 해 두었다. 맹 대리와 경치가 좋은 스카이라운지 레스토랑에서 스테이크를 먹을 생각이었다. 일주일 전부터 맹 대리한테는 크리스마스이브 날 뭐 할 거냐고 세 번이나 물어보았지만 물어볼 때마다 맹 대리의 대답은 늘 한결같았다.

“글쎄요. 아직 잘 모르겠는데요.”

퇴근시간이 가까워졌을 무렵 두꺼비는 맹 대리에게 다시 문자 메시지를 보냈다.

– 맹 대리 오늘 시간 있어? 내가 좋은 데 자리 잡아 놨는데 말이야. 아마 기대해도 좋을 거야. –

맹꽁이로부터 금방 답신이 왔다.

— 두 대리님. 언제부터인가 저에게 베풀어 주시는 호의가 부담스럽습니다. 매일 사무실에서 마주치는데 지금처럼 웃으면서 인사할 수 있는 것으로 저는 만족합니다. 이렇게 개인적으로 밖에서 만나는 것은 좀 그렇습니다. —

두꺼비는 맹 대리의 문자를 읽자마자 바로 삭제했다. 저기 사무실 입구에 맹꽁이가 퇴근하는 모습이 보였다. 그게 전부였다. 두꺼비는 허탈한 마음에 한참 동안 자리를 떠나지 못했다.

'그럴 수도 있지… 그럴 수도 있지…. 그것은 그 친구 마음이니까.'

사무실에 일도 하지 않으면서 멍하니 앉아 있으니 시간이 멈춘 것 같았다. 두꺼비는 평상시처럼 차를 몰고 밖으로 나왔다. 어디로 가야 할지 방향을 정할 수가 없었다. 건물에서 나오니 커플들이 팔짱을 끼고 걸어가는 모습이 보였다. 서울로 가는 도로는 차가 막혀 꼼짝을 못하고 있었다. 두꺼비는 아무도 없는 곳을 그저 달리고 싶었다. 지난번 산속에 있는 통나무집 회식 장소가 생각났다. 방향을 그쪽으로 잡으니 차량이 점점 줄어들었다. 두꺼비는 차를 잠시 세워 두고 편의점에 들어가 보드카 한 병을 집어 들었다. 계산하자마자 그 자리에서 한 모금을 마시고 다시 문을 열고 나서면서 한 모금을 더 마셨다. 자동차 안 컵홀더에 보드카 병을 꽂고 다시 시동을 걸었다. 두꺼비의 차는 계속 외곽으로 달렸다. 음주운전을 하던 두꺼비는 갑자기 느껴지는 한기에 몰던 차를 갓길로 세웠다. 그리고 차 문을 열고 비틀거리며 간신히 밖으로 나왔다. 두꺼비는 가드레일을 붙잡고 혼잣말을 했다.

"맹꽁이... 너를 상상도 못 할 만큼 좋아했지만 너 때문에 흘리는 눈물은 오늘이 마지막이면 좋겠어..."

두꺼비의 차가 다시 시내에 들어서니 크리스마스이브 밤 거리의 조명은 대낮처럼 불을 밝히고 있었다. 술에 취한 사람들, 팔짱을 낀 연인들, 택시를 잡으려고 기다리는 사람들의 얼굴들이 모두 뽀얗게 달아올라 있었다. 두꺼비는 아주 멀리 돌아 천천히 집에 도착했다. 집 안의 따스한 공기는 그를 나른하게 만들었다. 그리고 넥타이도 풀지 않은 채 그는 침대에 쓰러졌다.

한 해의 마지막 날, 기린은 부엉이의 전화를 받고 클럽에 놀러 갈 준비를 했다.
"오늘은 그냥 보낼 수 없잖아. 올해 마지막 날인데"

기린은 압구정 부엉이네 집에서 함께 있다가 밤 11시가 되자 홍대 클럽에 도착했다. 매표소 앞에는 덩치 큰 사내가 팔짱을 끼고 떡 하니 서있었다. 기린이 티켓을 사려고 지갑을 꺼내려는데 부엉이가 자신은 게스트 리스트에 있다며 이름을 말했다. 잠시 후 부엉이와 신기린은 차례로 손목에 스탬프 도장을 찍고 클럽 안으로 입장했다. 나선형 계단을 내려가자 묵직한 중저음의 비트가 벽을 타고 기어 올라왔다. 부엉이는 신이 났는지 먼저 계단을 뛰어 내려갔다. 음료쿠폰으로 부엉이는 보드카를 기린은 레모네이드를 시켰다.

밤 11시 59분.
'10, 9, 8... 카운트다운이 시작됐다.'
'3, 2, 1'
" 꺄악~"

꽃가루가 날리고 불기둥이 사방으로 뿜어져 올라가고 바람 소리만 나던 스피커에서 비트가 터지기 시작했다. 신기린도 어느덧 31살, 이제 클럽에 입장하기는 나이가 많은 편이 되었다.

예를 들면 지금 여기 기둥 옆 봉을 잡고 춤추는 이 여자애, 오늘 밤 이 클럽에서 가장 빼어난 미모였다. 수많은 남자들의 시선은 여기로 고정되어 있었다. 클럽 안의 사람들은 그녀가 오늘 밤의 주인공이 되었음을 인정하는 눈치였다. 그녀는 천천히 DJ 부스 앞 계단으로 걸어갔다. 레오파드 무늬에 탱크톱의 그녀 뒤에는 아우라가 형성되었다. 눈이 마주치자 기린은 엄지손가락을 세웠다. 그녀는 '나도 알어'라는 표정을 짓고 긴 머리를 뒤로 넘기며 당연하다는 듯이 날갯짓을 했다. 더 미친 듯이 신나게 춤을 출수록 클럽의 수많은 남자들은 손을 들어 경배하고 찬양했다.

DJ의 한마디. "Happy New Year!"

스피커가 터져나가기 시작했고 스모그 사이로 레이저 빔이 뻗어나갔다.

방금 전까지 옆에 있던 부엉이가 사라졌다. 아마 작업을 하러 간 모양이었다. 기린은 그냥 일찍 들어가고 싶은 생각마저 들었다. 어느새 통로와 계단, 스테이지까지 온통 사람들로 가득 차 있어 발 디딜 틈도 없었다. 기린에게 시선을 떼지 못하는 여인들도 꽤 있었다. 하지만 정작 기린은 맘에 드는 여자에게 말을 걸어본 적이 한 번도 없었다. 기린은 혼자 있는 동안 이곳이 자신과 잘 어울리지 않는다고 생각했다. 신기린은 온통 붉은색 네온 조명으로 물들어 있는 바에 가서 칵테일 한잔을 주문했고 온더락 잔을 건네받았다. 혼자 술잔을 기울이고 있을 때 부엉이가 여자 둘을 데리고 왔다.

"기린아 내가 소개할게, 이 친구는 루미고 옆에 있는 애는 미호야."

두루미는 기린에게 반갑다고 말하며 부엉이와 팔짱을 꼈다. 구미호는 환하게 웃으면서 기린에게 관심을 보였다.

"오빠 우리 나갈까?"
"그래 나가자, 나가서 술이나 마시자."

기린도 마침 클럽에 더 있고 싶지 않았는데 잘된 일이었다. 미호라는 아이는 은색 컬러렌즈를 착용하고 있었고 얼굴은 전형적인 성형미인의 얼굴을 하고 있었다.
기린은 부엉이에게 귓속말을 했다.

"원래 알던 애들이야?"
"아니 여기서 꼬셨어."

미호는 귀속 말 하지 말라며 기린의 손목을 잡았다.

"오빠는 뭐 하는 사람이야. 부엉이 오빠는 클럽 DJ 라고 들었는데."
"난 그냥 회사 다니는 시다바리야."
"이 친구 완전 좋은 회사 다녀. 애니멀 전자라고."
"오빠는 뭔가 숨기고 있는 사람 같애. 호호호"

구미호는 경험이 많다는 듯 여유 있게 웃었다. 네 사람은 근처 이자카야로 자리를 옮겼다. 기린은 아무 생각 없이 술을 마셨다. 구미호는 테이블 위에 있던 기린의 휴대폰을 집어 들고 자신의 전화번호를 눌렀다. 부엉이와 루미가 교미를 하려는 낌새를 눈치 채자마자 기린은 계산서를 집어 들고 카운터로 갔다. 따라 나오는 미호에게 오늘 술이 많이 취해서 미안하다고 말하고 돌아서서 도망치듯 자리를 떠났다.

4.

일 년에 한 번, 동물들은 한자리에 모입니다

새해가 되자 기린은 첫 출근을 했다. 7시 25분, 1층 로비 문을 열고 나오는 원 대표이사가 보였다. 기린은 서둘러 차 문을 열고 내려 원 대표에게 인사를 했다.

"어이! 좋은 아침이야. 내일부턴 그냥 차 안에 있어. 그리고 라디오 좀 켜 봐."

"네."

"이거 말고 뉴스."

"네."

"출발하자고."

두 사람은 언제나처럼 아무 말도 없었다. 대표이사가 내린 후 기린은 곧바로 주유소로 향했다. 지정 주유소에 가면 외상으로 주유를 할 수 있었다. 처음 해 보는 외상거래라 좀 떨떠름했지만 직원이 먼저 말을 걸었다.

"애니멀 전자시죠? 얼마 넣어드릴까요?"

"가득이요."

주유를 마치고 회사에 돌아오니 9시가 조금 못되는 시각이었다. 지원팀으로 향하는 기린의 귀에 재 부장의 목소리가 들려왔다.

"그때 제출한 증빙이 잘못된 거잖아? 이걸 부킹 바우처라고 작성하냐? 역량이 없는 것들이 노력도 안 하면 어쩌자는 거야! 정초부터 화를 안 내려고 했는데 말이야!"

내용을 듣자 하니 12월 31일 경리부에 제출한 서류가 거부당해서 다시 돌아온 모양이었다. 서류가 날카로운 소리를 내면서 지원팀 사원 책상에 꽂혔다. 컴퓨터는 아직 꺼져 있었다.

"아이 씨... 돌아버리겠다. 어이, 신기린 씨 담배 피우나?"

"아니요…."

재 부장은 기린이 답을 하기도 전에 이미 저만치 걸어가고 있었다. 그러나 신기린을 정말로 당황스럽게 하는 장면은 지금부터였다. 호통을 듣던 지원팀 사원은 재 부장이 자리를 뜨자마자 본인의 휴대폰을 꺼내 하던 게임을 마저 하고 있는 것이었다. 야단맞는 동안 컴퓨터의 부팅은 완료되었지만 사원은 재 부장의 히스테리쯤은 이미 타성에 젖어 있어 아무렇지 않다는 듯이 눈을 껌뻑이며 무심하게 휴대폰의 화면을 두들겼다. 기린은 설레설레 고개를 젓다 문득 책상을 보고 아직 자신의 자리에 아무것도 없다는 것을 깨달았다. 기린은 담배를 피우지 않더라도 나가자고 하면 앞으로는 재 부장을 따라 나가야겠다고 생각했다.

한 20분쯤 지나자 재 부장은 자리로 돌아와 몇몇 서류를 챙겨 회의실로 들어갔다. 그리곤 잠시 뒤 문틈으로 기린을 향해 손짓했다.

"대표이사님의 정식취임은 이번 달 말 정도가 될 거야. 그리고 다음 달 구정 직전에 하는 '애뉴얼 파티' 말고는 현재 특별한 일정은 없어. 일단 그렇게 알고 있으면 돼. 변동사항이 있으면 내가 알려 줄 거야."

"아, 예. 감사합니다."

"안양 사무소에서 했던 임시직 계약은 퇴사 처리됐고 오늘 날짜로 우리 회사의 인력파견업체 소속 1년 계약직으로 근무하게 돼. 이따 점심 끝나고 파견업체 본사 사람이 근로고용 계약서를 가져올 거야. 자네 도장은 가져왔겠지?"

"네."

"오늘은 시무식만 하고 금방 가실 거야. 그렇게 알고 있으면 돼."

점심을 먹고 자리에 돌아오니 누군가가 기린의 자리에 노트북을 설치하고 있었다. 마땅히 있을 곳이 없어 그냥 옆에 뻘쭘하게 서 있는데 재 부장이 기린을 불렀다.

“기린 씨, 계약서 씁시다.”

두꺼비는 점심시간이 되자 자연스럽게 헬스장으로 향했다. 동료들의 같이 밥 먹으러 가자는 소리도 자꾸 거절하다 보니 더 이상 권하지 않았다. 가끔 살이 빠진 것 같다는 소리를 들을 때마다 조금씩 기분이 좋아졌다. ‘좀 더 편하게 살을 빼는 방법은 없을까?’ 어떤 책에서 19세기에는 일부러 촌충을 먹어서 살을 뺐다는 이야기를 읽은 적이 있었다.

두꺼비는 운동을 마치고 샤워를 한 후 자리에 돌아와 집에서 싸 가지고 온 닭 가슴살 샐러드를 꺼냈다. 운동을 마치면 안 그래도 입맛이 없어져 버리는데 매일 같은 것을 먹다 보니 맛도 없고 질렸다. 두꺼비는 대충 점심을 때우고 한동안 자리에 멍하니 앉아 컴퓨터 화면만 쳐다보고 있었다.

“내가 뭐 하려고 했더라? 까먹었다….”

요즘 들어 허기가 지는 빈도가 줄어들고 살이 빠지는 것 같기는 한데 배가 고파서 그런지 주의력이나 기억력도 함께 떨어지는 것 같았다. 맹꽁이하고는 그 일이 있고 난 후 대화를 나눈 적이 없었다. 더 이상 보고 싶지 않았지만 같은 장소에 함께 있다는 것이 문제였다. 가능하면 사내에서도 안 마주치려 노력했다.

애뉴얼 파티 당일 아침. 기린은 대표이사와 함께 출근길을 달리고 있었다. 차 안에서 대표이사는 전화를 받았다.

"Hello, This is Monkey speaking…."

원 대표의 통화 중에 다시 다른 전화의 벨이 울렸다. 원 대표가 전화를 바꾸어 다른 전화기를 귀에 대며 말했다.

"응. 지금 통화 중. 이따가 다시 전화할게."

오늘은 바쁜 하루가 될 것 같았다. 사무실에 들어서니 행사준비로 각 부서마다 분주한 모습이었다. 기린이 출근하자마자 바로 재 부장이 호출했다.

"오늘 자네의 스케줄이야."

11시 인천공항 픽업 'Mr. 레비나스' (프랑스)-(인천)
3시 김포공항 픽업 'Asian Pacific CEO 나츠메 소세키' (나리타)-(김포)

"11시 픽업은 자네 혼자 가고 5시 픽업은 사장님하고 같이 갈 거야. 레비나스는 행사하는 호텔에 투숙할 테니 체크인만 도와주고 바로 사무실로 돌아오면 돼."

스케줄표를 받아든 기린은 대표이사에게 다녀오겠다고 인사하고 바로 인천공항으로 향했다. 기린은 공항 입국장에서 'Welcome to Korea, Animal Electronic Korea Emmanuel Levinas'라고 쓰인 사인보드를 들고 기다리고 있었다. 잠시 후 버버리 코트를 입은 노신사가 청년이 들고 있는 종이를 보고 다가왔다. 둘은 악수를 하고 바로 차로 향했다. 레비나스는 유쾌한 사람이었다. 그가 먼저 한국에 대해 말했다.

"한국은 신기한 나라예요. 여러 가지 면에서 놀랍고 신기하죠."

레비나스는 프랑스 특유의 재미있는 제스처를 사용했다. 그러면서 기린이 무슨 말을 하면 '물론이지요. 맞아요' 하며 호응했다. 대화도중 기린이 떠오르지 않는 단어가 있어 우물쭈물하면 참을성 있게 답변을 기다려 줬다. 기린은 어렸을 적 프랑스 영화 〈빠삐용·Papillon〉이나 〈라빠르망·L'Appart-ement〉을 재미있게 봤다고 했다.

"오, 〈빠삐용〉! 좋은 영화예요. 〈라빠르망〉은 아직 못 봤어요. 이번 기회에 봐야겠어요. 미스터 신이 좋은 영화라고 한다면 분명 좋은 영화일 거예요. 허허허."

신기린은 〈빠삐용〉의 주인공이 자유를 향해 달리던 모습이 생각난다고 말했다.

"자유를 위해서는 죽을 때까지 달릴 수도 있죠. 남이 볼 때 비극으로 보이는 인생이 알고 보면 희극인 경우도 있어요. 물론 그 반대도 많지만요."

레비나스는 박학다식하고 고매한 인품의 사람이었다. 차는 순식간에 삼성동 호텔까지 도착했다. 호텔리어가 가방을 옮기는 동안 기린은 컨시어지에 가서 '에니멀 전자' 이름으로 객실을 예약했다고 말했으며 레비나스가 여권을 제시하는 것을 본 후 기린은 차로 돌아왔다. 헤어지기 전 인사를 나눌 때 레비나스가 기린에게 '당신과 이야기할 수 있어 좋았어요'라고 말했다. 기린은 자신도 그렇다고 했다. 이건 뜻밖의 수확이었다. 이렇게 매너를 갖춘 훌륭한 지성인을 만나고 나면 가슴에 무언가가 새겨지는 느낌이었다. 사무실로 돌아오자 원 대표이사가 기린을 기다리고 있었다는 듯이 말했다.

"김포공항으로."

공항에는 예상보다 너무 일찍 도착했다. 비행기가 도착하려면 아직 한 시간 이상 남아 있었다. 급히 달리느라 점심을 거른 기린은 근처의 식당에 들어가 간단하게 밥을 먹고 차로 돌아왔다. 잠시 후 원 대표와 나츠메 소세키가 함께 차로 걸어왔다. 나츠메 소세키는 아시아 총괄 매니저인데 원 대표의 직속 상사였다. 나이는 60대 정도로 단정하게 빗은 머리에 콧수염이 인상적이었다. 원 대표는 간사이 지방 사투리가 섞인 일본어를 유창하게 구사했다. 원 대표는 기린이 일본어를 할 줄 안다는 것을 전혀 몰랐기에 차 안에서도 소세키와 사업적인 대화를 이어가는 데 거리낌이 없없다. 중간중간 알아듣지 못하는 부분도 많았지만 기린은 대화의 대략적 흐름을 알아차렸다. 적대적 M&A를 진행하는 회사가 하나 있는데 회사를 매각하는 주체가 요구안을 놓고 줄다리기 협상을 하고 있다는 게 대화의 요점이었다.

잠시 후 삼성동 행사장에 도착했다. 오늘 기린이 할 일은 거의 끝난 셈이었다. 삼성동에 도착하니 전에 같이 일했던 형이 삼성동 부근에서 일한다던 기억이 떠올랐다. 시간이 나면 잠깐 들를까?

두꺼비는 행사진행요원으로서 서울 총무부, 서울 지원팀과 같이 일을 하고 있었다. 행사장 입구에는 기다란 테이블이 있었고 지역단위 사무소별로 명찰 목걸이를 준비해 두었다. 해당 명찰을 찾아 주면서 테이블 위치 번호를 정해 주었다.

"안녕하세요. 두 대리님."

"어 안녕? 가만있어 보자… 서울 서울… 사무소."

그때 뒤에 있던 재 부장이 두꺼비한테 귓속말을 했다. '파견직이잖아, 리스트에 없어!'

"기린 씨, 이거 메고 내 자리 가서 먹어. 저쪽이야."

재규어 부장은 자신의 개 목걸이를 벗어 신기린에게 건네줬다. 그러나 기린은 점심을 늦게 먹어서 음식 생각이 없었다.

"저 안 먹어도 되는데…."
"빨리 들어가."

행사는 시작한 지 얼마 되지 않은 모양이었다. 가끔 나비넥타이를 한 남자들도 보였지만 남자 직원들은 거의 평상시 모습 그대로였다. 여자들은 짙은 화장에 머리나 옷차림에도 평상시와 달리 신경을 많이 썼고 스팽글이 달린 무대의상을 입고 온 사람도 있었다. 행사 내용 중 장기자랑 같은 공연 순서도 있는 듯했다. TV에서 본 적은 있지만 이름은 기억나지 않는 개그맨이 사회를 봤다. 잠시 후 식사시간은 20분 뒤에 끝나니 그 후에는 모두 자리에 착석하라는 안내멘트가 울려 퍼졌다. 재 부장 자리를 눈으로 확인하고 기린은 샐러드를 접시에 담아 왔다. 자리에 앉으니 맞은편에 서울 본사의 경리부 직원들이 보였다. 지원팀의 직원들은 다들 일하느라 바쁜지 테이블이 텅 비어 있었다. 기린이 혼자 밥을 먹고 있는데 맞은편에 있는 처음 보는 여자가 말을 걸었다. 맹꽁이였다.

"안녕하세요. 반가워요. 신기린 씨 맞으시죠?"
"아… 네."

맹꽁이는 맞은편에 앉은 말끔한 정장 차림의 기린을 보며 생글생글 미소를 보냈다.

"여자 친구 있으세요?"
"…."

기린은 순간 당황스러워 딱히 할 말이 떠오르지 않았다.

"농담이에요."

기린은 맹 대리의 말을 한 귀로 흘리면서 재 부장의 자리이니만큼 흔적을 남기지 않으려고 신경 쓰며 음식을 먹고 있었다.

"서울 사무소에서 일하시죠? 저는 안양 사무소에 있는데 월말이면 본사로 출근해요. 아마 한 달에 두어 번은 마주칠 거예요. 우리 회사에서 만나면 인사하기로 해요…."

"아 예…."

그때 장내 사회자의 멘트가 들렸다.

"이제 잠시 뒤에 행사가 진행되오니 모두 자리로 돌아가 주시기 바랍니다."

행사는 앞으로 두 시간 정도 진행될 예정이었다. 기린은 조용히 일어나 밖으로 나왔고 그사이 맹꽁이는 과일을 가지러 새 접시를 들고 걸어가는 길에 얼마 전 사귀었다 헤어진 제비 과장과 그의 약혼녀가 걸어오는 것을 보았다. 맹꽁이는 황급히 방향을 틀어 기둥 뒤로 숨었다. 두꺼비와 재규어 부장은 본 행사가 시작되고 내빈참석이 거의 완료되었을 때야 겨우 자리로 돌아왔다.

"부장님 식사 안 하세요?"

"두 대리 먼저 먹게나. 난 생각이 없네."

"제가 빵이라도 좀 가져올게요. 그걸로 대충 때우죠."

"그래…. 다른 직원들에게도 고생 많았으니 이제 좀 쉬라고 해."

식사를 마친 후 기린은 행사장을 빠져나왔다. 아는 형이 일한다는 가게는 행사장에서 걸어서 5분 거리에 있었다. 외국인 전용 카지노 근처에 있는 일식집이었다. 가게로 들어서니 카운터에 기모노를 차려입은 여자가 있었다.

"여기… 최철새 실장님 계신가요?"

"네, 이쪽입니다."

기린의 눈에 처음 눈에 들어온 것은 은은한 인공 나무 조명의 불빛이었다. 검정색의 대리석은 너무나도 깨끗해서 얼굴이 비칠 것만 같았다. 잠시 후 멀리서 변함없는 모습으로 일하는 철새 형이 보였다.

"철새 형!"

"야, 이게 누구야! 기린이 아니야? 오오 정장이 꽤 잘 어울리는데"

"아니야, 뭘. 잘 지냈지?"

"나야 뭐 늘 그렇지. 너야말로 이렇게 쫙 빼입고! 요즘 어디 고급 일식집에서 일하냐?"

"나 지금 요리 안 해. 잠시 칼 놨어."

기린은 철새형에게 애니멀 전자에서 파견직으로 근무하고 있다고 근황을 전했다. 철새는 한동안 묵묵히 회를 썰다 말을 이었다.

“너 요리 좋아했잖아…. 뭐 언젠가는 돌아오겠지. 아참, 내가 일본에서 사 온 요리책 네가 번역해 준 거 지금도 잘 쓰고 있다. 이쪽 업계 사람이 아니면 번역하기 힘들지.”

“아냐, 내가 재미있어서 한 건데 뭐.”

“짜식. 밥은 먹었냐?”

“응. 잠깐 형 얼굴이나 보려고 왔어.”

“잠깐 뒤로 따라와 봐.”

철새는 주방 뒤쪽으로 기린을 데리고 들어갔다. 철새는 대화 도중에 초밥을 쥐었는데 그것이었다.

“이거나 하나씩 먹자.”

“이거 참치 대뱃살 아니야?”

“그래 맞아. 오도로. 거래처에서 서비스로 조금 더 받았어. 단골손님 주려고 빼놓은 건데 너 와서 바로 썰어버렸지.”

두 사람은 말없이 초밥을 집어 먹다가 서로 피식피식 웃었다. 철새 형이 쥐어준 초밥은 아이스크림처럼 입안에서 그냥 녹아버렸다. 이건 뭐 씹을 것도 없었다.

“미스터 초밥왕에서는 초밥을 먹고 나면 전기에 감전되잖아 이렇게."

기린은 양손을 흔들어 온몸이 감전되는 흉내를 냈다.

"사바(고등어)도 있는데 좀 줄까? 너 그거 좋아했잖아."

기린은 배가 부르다며 일하던 중이라 이제 그만 들어가 봐야 한다고 말하고 나왔다. 이럴 줄 알았으면 밥을 먹지 말고 올걸... 조금 아쉽다는 생각을 했다. 하지만 기린은 자신도 언젠가는 다시 주방에서 능숙하게 칼을 잡을 날이 올 거라 생각하며 행사장으로 발길을 옮겼다.

5.

산으로 간 동물들

두꺼비는 구정 연휴를 집에서 보내고 있었다. 교회는 어제 다녀왔고 오늘은 늦잠을 자도 되는 날이었다. 두꺼비의 엄마는 오후쯤에 두꺼비의 큰삼촌과 작은삼촌이 올 예정이니 방이라도 좀 치워 놓으라고 했다.

"엄마 루미하고 더지도 온대?"

"응. 같이 안 오고 따로 온다더라."

두꺼비의 아빠는 삼 형제 중 장남이었다. 할아버지는 소 팔고 땅 팔아서 장남만 겨우 대학에 보냈다. 그 덕인지 두꺼비의 아버지는 공기업 임원으로 재직하시다 작년에 정년퇴임하셨고 방배동의 집에서 산지는 20여 년 가까이 됐다. 두꺼비네는 오래된 상가의 임대 수익과 강북에 있는 다세대 주택 월세로 간신히 현상유지 정도의 생활을 하고 있었다. 하지만 두꺼비의 부모님은 빈손으로 만나 여기까지 이룬 것을 내심 뿌듯하게 생각하시는 듯했다. 하지만 재산 정도로 따지다면 삼 형제 중 두꺼비네 집은 제일 아래였다.

큰삼촌은 고등학교를 졸업하자마자 바로 장사를 시작했다. 지금은 파지 장사와 고철 장사를 하는데 파지의 경우 전국의 백화점, 쇼핑몰과 독점 계약을 맺어 매일 어마어마한 양의 파지를 수거했다. 트럭만 수십 대가 동원되는 일이었으며 고철장사 또한 법인을 상대로 하는데 규모가 꽤 컸다. 큰삼촌은 늘 당신의 아버지가 땅 팔아서 장남만 가르치는 것에 대해 못마땅해했다. 그래서 돈만 생기면 땅을 샀다. 얼마 전에 필지 하나를 팔았는데 그 보상금만 몇억이 넘는다고 주변에 소문이 났다. 그 보상금 중 일부로 빌딩을 사며 재산을 불려 나갔다. 두꺼비의 작은삼촌은 고등학교 1학년 때 학업을 포기했다. 그는 아버지의 농사일을 돕는 것으로 시작해서 꾸준히 맡은 일을 성실히 해왔으며 지금은 일했던 회사 중 하나를 인수해 여러 개의 부품공장을 운영하고 있었다. 그중 한 공장은 국내 최대 자동차회사에 1차 협력사로 등록되어 있었다. 소유한 공장이 10개가 넘고 직원 수만 이천 명이 넘었다. 그런데도 상장을 하지 않아 그의 재산이 얼마인지 아는 사람은 친인척 중에도 아무도 없었다. 공장은 알아서 잘 돌아가는 중이라 요즘엔 주로 외국 카지노에 놀러 가거나 골프를 치러 다니신다 했다.

명절날 삼촌들을 볼 때면 두꺼비는 어렸을 적이 생각났다. 삼촌들의 등판에는 용 그림과 잉어 그림이 있었는데 두꺼비가 어렸을 때 그저 그림이 신기해서 손가락으로 등판을 누를 때마다 삼촌들은 어린 두꺼비를 번쩍 들어 비행기를 태워 주었다. 삼촌 둘이서 서로 몸 자랑을 할 때면 가슴근육에 힘을 줘서 움직였다. 어린 나이의 두꺼비는 그게 재미있어서 볼 때마다 웃었다. 두 분 모두 지금은 커다란 사업체를 운영하지만 어렸을 적에는 상상도 하지 못하던 일이었다.

"아이고 삼촌 오셨어요?"
"어 그래. 너도 새해 복 많이 받아라."
"여보 큰 도련님, 작은 도련님 오셨어요."

숙모는 집에서 차례를 지내고 남은 음식을 싸왔다. 두꺼비는 제사음식을 좋아했다. 두꺼비네 집은 기독교이기 때문에 차례를 지내지 않았다. 그래서 가족들은 큰삼촌댁에서 차례를 지낸 다음에 두꺼비의 집으로 왔다. 그게 명절 친척들의 정해진 코스였다.

"작은삼촌, 루미하고 더지는 안 왔어요?"
"응. 시내에서 놀다가 올 거야. 명절이라 시내에 차가 없잖아. 이번에 들어오면서 장난감 자동차를 하나 사다 줬는데 아주 둘이 그거 가지고 노느라 신났어."

잠시 후 두꺼비의 어머니는 과일과 식혜를 쟁반에 담아 내왔다. 두꺼비의 아빠가 선반에서 장기판을 꺼내 내려놓으며 말했다.

"너희들 카지노 좀 그만 다녀라."
"아이 형도 한번 같이 가자니까 그래? 홍콩에서 쇼핑하고 마카오 가서 한번 땡기는 거야!"

"그래, 큰형! 우리 삼 형제 같이 한번 가자고! 아니 작은형 근데 나는 외국에 나가서도 무조건 한국 식당만 가야 해 일식까지는 먹을 만한데 밥이 없으면 끼니를 때운 거 같지가 않아. 맨날 음식 때문에 고생이라니까."

"너 이번에도 중국 가서 죽만 먹다가 설사했다며?"

"라운딩이고 뭐고 화장실 들락거리다 다 말아먹었지."

작은삼촌과 큰삼촌의 대화에 두꺼비의 아버지가 장기 알을 장기판에 올리며 말을 이어갔다.

"너희들도 이젠 교회를 다녀야 한다. 우리 내외는 이번에 자원봉사를 가려고 하는데…."

그때 초인종이 울렸다. 큰삼촌의 딸 루미하고 작은삼촌의 아들 더지였다. 나머지 사촌 동생들은 외국 유학 중인데 올해는 한국에 들어오지 않은 모양이었다. 두꺼비는 명절이 예전만큼 북적이지 않은 게 내심 아쉬웠다. 루미가 먼저 문을 열었다. 머리가 형광 녹색이었다. 뒤따라 들어오는 더지도 힙합패션에 머리에 도로가 나 있었다.

"저희 왔어요! 주차하느라고 개고생했어."

"아파트 과속방지턱이 높아서 f**ked up 됐어."

둘은 단지 내에 차가 많아 건너편 공영주차장으로 돌아가서 차를 세우고 왔다고 투덜거렸다.

"꺼비 오빠 오랜만이네? 우리 이따 같이 달려 볼까? 더지하고 누가 더 빨리 인천대교 찍고 오나 내기하기로 했거든."

"형 내 차 타. 내 차가 더 빨라!"

루미가 이태리제 스포츠카를 뽑았다고 두꺼비에게 차 키를 보여주며 자랑했다. 더지도 지지 않는다는 듯 차 키를 두꺼비 눈앞에 달랑거렸다. 하나는 말 그림 하나는 황소 그림…. 두꺼비는 어느 게 더 비싸고 좋은지 몰랐지만 이제는 명절이라 해서 어릴 적만큼 가슴이 부풀어 오르는 일은 없었다.

연휴는 금방 끝났다. 맹꽁이는 월말이라 서울사무소로 출근했다. 아까 지원팀 자리를 보니 기린 씨가 보이지 않았다. 사내 공지 사원 리스트를 다시 확인해 보니 신기린 이메일 계정이 새로 생겼다. '증명사진도 있네…. 뭐지?' 사진 속 기린의 옷차림이 특이했다. 넥타이는 메고 있지만 정장은 아닌 듯한 것이 무슨 도복 같기도 하고 옷깃에는 자수가 놓여 있었다. 아무튼 사진 속 얼굴은 마음에 들었다. 미소년의 농구선수 같은 느낌이 묻어났다.

그때 나방이 갑자기 소리를 질렀다.

“종달새 너 잠깐 따라 나와 봐!”

종달새가 또 사고 친 듯했다. 맹꽁이가 소리 나는 곳으로 따라가 보니 계단 통로에서 나방이 종달새를 사정없이 다그치고 있었다. 비상구 문틈으로 훔쳐보던 맹꽁이는 숨을 죽였다.

“너 개념이 아예 없어! 외국에 있는 거래처에 돈을 잘못 보내버리면 돌려받는 절차가 얼마나 복잡한지 알아? 환율 계산하는 방법을 모르면 가만히 있든가, 물어보고 해야 할 거 아니야!”

순간 종달새 눈에는 실수에 대한 반성보다는 분노에 가까운 눈빛이 스치는 것을 맹꽁이는 보았다. ‘저러다 재도 관두겠다.’ 맹꽁이는 조마조마했다. 애니멀 전자는 이직률이 아주 높았다. 성과급을 받고 명절을 보내고 돌아오고 나면 한두 달은 퇴사자 신청이 줄을 이었다. 회계팀도 타 부서에 비해 둘째가라면 서운할 만큼 사람이 자주 바뀌었다. ‘또 새로 들어오면 인수인계해야 하고 피곤해 내 일 하기에도 벅차다고…. 제발 관두지 않을 만큼만 괴롭혀라.’

“너! 남자 사원들 주변 얼쩡거리면서 수다 떨 시간에…”

나방의 지적이 생각보다 길어지자 맹꽁이는 서둘러 자리

로 돌아왔다. 그리고 의자에 앉아 신기린 씨에게 이메일을 보냈다.

- 애니멀 산악회에 초대합니다. 이번 산행은 북한산 B코스로 작년에 다녀왔던 등산로와는 다른 루트로… 산악회에 참여하시면… 지난번 애뉴얼 파티에서 인사하기로 했던… 날이 참 좋아… 아무튼 신기린님도 꼭 참석하셨으면 좋겠습니다. 맹꽁이 배상 -

출발장소와 시간만 설명하기에 아쉬웠는지 맹꽁이는 이런 저런 사담까지 적은 장문의 이메일을 기린에게 보냈다. 그리곤 사내 게시판에 산악회 일정을 공지했다. 원 대표이사로부터 바로 회신이 왔다.

– 참석합니다. Thank you & Best regards. 대표이사 원숭이 –

신기린은 언제나 같은 시간에 출근했다. 컴퓨터를 켜고 메일함을 확인하니 꽤 많은 메일이 와 있었다. 기린은 먼저 비서 병아리로부터 온 메일을 클릭했다. 금일 오후 교육실에서 전체 임원회의가 있고 저녁에는 임원회식이 있다는 내용이었다. 오늘도 야근을 해야 했다. 회식 장소가 정해지면 연락을 달라고 회신하는 중에 새로운 메일이 왔다. 경리부 맹꽁이로부터 온 산악회 가입 권유 메시지였다. 스크롤을 내리고 내려도 글이 끝나지 않았다. '그때 애뉴얼 파티에서? 누구지? 사내 동아리?' 가입을 하지 않겠다는 회신을 보내고 나니 잠시 그 얼굴이 생각나는 듯했다. 간다고 할 걸 그랬나?

기린이 서울 본사로 출근한 지도 벌써 석 달 정도가 지나가고 있었다. 한동안은 할 일이 없어 지원팀 사슴 과장이 준 엑셀, PPT 동영상 강좌를 보다가 그래도 시간이 남으면 회사 서고에 있는 책을 읽으며 시간을 때우다 대표이사와 퇴근을 했다. 그럼에도 불구하고 월급은 나왔다. 시간이 느리게 흐르는 것처럼 느껴졌다. 기린은 몸을 움직이고 싶었다.

'나는 사무직 체질이 아닌가….'

그때 사슴 과장이 기린을 불렀다.

"저기 신기린 씨, 시간 좀 있으면 나 좀 도와줄래?"
"네."
"임원회의가 있어서 책상을 다시 배치해야 하거든…."

기린은 사슴 과장을 따라 한 층 아래에 있는 교육장으로 내려갔다. 일렬로 되어 있는 책상들을 디귿자 모양으로 재배치했다. 그리고 노트북 전원 공급을 위해 리드선을 책상 아래에 준비했으며 빔프로젝터 전원을 켜고 화면의 각도를 조절했다. 파란색 바탕화면을 스크린 정중앙에 비추도록 조절하고 난 후 다시 전원을 껐다. 기린은 물통과 커피 맛 과자를 정리하면서 사슴 과장에게 말을 걸었다.

"저기 과장님, 사내 산악회에 가 본 적 있으세요?"

"아 그거, 난 안 가 봤어. 혹시 맹 대리한테 메일 받았어? 나한테도 같이 가자고 죽기 살기로 메일 보냈는데 나중에는 아예 회신도 안 했거든."

'다행이다. 나한테만 그런 식으로 보낸 건 아니었군….'

기린은 회의 준비를 마치고 다시 자리로 돌아왔다. 잠시 후 복사기에서 용지가 부족하다는 알림 소리가 났다. 여직원 하나가 오더니 옆에 있던 팩스기기에서 종이 한 장을 빼고 복사기를 슥 보더니 자신의 문서만 출력하고 자리로 돌아갔다.

"흠…."

기린은 복사기에 A4용지를 가득 채운 후 옆에 있는 냉장고를 열어 봤다. 손님 접대용 주스와 음료수가 빈 통으로 있었다. 점심을 집에서 싸 온 듯 보이는 다른 직원들의 도시락도 몇 개 보였다. 그때 지원팀 재 부장이 화내는 소리가 다시 들려왔다.

"소모품 업체 비교견적 아직도 안 됐냐? 내가 시킨 게 언젠데 뭐 하는 거야! 지금까지 한 거라도 일단 보고해! 이건 중요한 일이라고 이야기했잖아! 위에서 왜 보고를 미루느냐고 하잖아! 이렇게 단순한 작업도 못하면 어떡하란 말이야!"

재규어 부장은 사원의 책상 위에 어제처럼 오늘도 서류를 패대기쳤다. 사원은 할 말이 있다는 듯이 머뭇거리다가 서랍에서 봉투 하나를 꺼냈다. 그리고 뒷머리를 긁적이며 재규어 부장에게 사직서를 힘없이 내밀었다. 잠시 후 재 부장이 회의실 문을 열고 기린을 불렀다.

"야 기린! 소모품 업체 비교견적 건 일단 네가 맡아서 해 봐! 사람 다시 뽑는 중이니까."

"네? 저는…."

"그때까지 일단 맡아 보고 잘 안 되면 나한테 다시 이야기해."

기린은 고개를 끄덕이곤 방금 떠난 사원의 컴퓨터에서 소모품 관련 폴더를 자신의 컴퓨터로 옮겼다. 기린이 폴더를 열어보니 기존 업체와 신규업체 가격 비교라고 하는데 기존 업체보다 신규업체가 더 비싼 것은 한 개도 없었다. 기린은 사원이 재 부장한테 보낸 메일부터 읽어 봐야겠다고 생각했다. 그때 이메일이 하나 왔다.

– 맹꽁이 대리 '산악회 가입 권유건' –

이번에는 사진 첨부파일까지 보냈다. 아예 답장을 하지 말자. 기린은 맹 대리로부터 중고 자동차 상인 같은 집요한 느낌을 받았다. 이건 너무 적극적인 것 같다. 뭐지?

기린은 하루 종일 그만둔 사원의 자리와 자신의 자리를 옮겨 다니며 사무실 소모품 업체 변경 건에 관한 내용을 정리했다. 처음으로 맡은 업무였다. 기린에게 처음으로 시간을 두고 생각해야 할 일이 생겼다.

토요일 아침, 맹꽁이는 산악회를 가기 위해 일찍 일어났다. 어머니는 아침부터 회사 사람들과 함께 먹을 간식을 준비해 주셨다. 맹꽁이는 박 부장님께 빌린 법인카드로 김밥도 준비해 가야 한다고 부산을 떨었다. 꽁이가 등산을 시작하게 된 것은 대학교 1학년 때부터였다. 대학교 산악 동아리에 가입하게 되면서 꽁이의 젊은 날의 추억 대부분은 그곳에서 만들어졌다.

맹꽁이에게는 이 회사가 자신의 첫 직장이었고 25살 처음 입사했을 때부터 회사 산악회를 열심히 다녔다. 사무보조, 파견직, 계약직 그다음 정규직이 되기까지 근로고용계약서를 4번이나 쓰면서 지금에 자리까지 버텨왔다. 지난날의 직장생활도 마치 등산하듯 고개를 하나씩 넘어온 듯했다. 이 회사에서 일한 지 벌써 6년 차. 산악회 회장님이셨던 김 상무는 정년퇴임을 앞두고 있었으며 전관예우 차원에서 지금은 출퇴근을 하고 있지 않으시지만 아무튼 올해 여름까지는 급여도 지급되고 사용하던 차도 쓸 수 있게 회사에서 배려해 주었다. 그러나 김 상무님은 더 이상 산악회에 참석하시지 않았다. 산악회 회장님이 불참한 등산은 오랜만인 것 같았다.

원 대표님과 박쥐 부장이 앞장서고 맹꽁이는 바로 뒤를 따라갔다. 오늘은 역대 최소 인원인 것만 같다. 늘 참석하는 전산실, 인사과 분들이 전부였다. 안양에서는 맹꽁이 한 명만 왔다. 김 상무님 계실 때는 꽤 많이 참석했는데…. 그러고 보니 오늘은 두꺼비 대리님도, 계속 연락을 넣던 신기린 비서도 없었다. 맹꽁이는 왠지 조금 허전한 마음이었다. 산행을 마치고 회원들은 돼지고기 바비큐 집으로 갔다. 원 대표는 맹꽁이를 칭찬하며 산악회가 앞으로 활성화되기를 바라며 대리인 맹꽁이에게 산악회 회장을 제안했다. 그리고 소액이지만 예산도 지원해 주기로 했다.

"자, 우리 신임 산악회장 맹 대리를 위해 건배합시다. 이 분위기를 몰아 우리 다음 달에 또 한 번 모입시다."

원 대표는 짤막한 건배사를 뒤로하고 술잔을 비워 나갔다.

6.

동물들에게도 강 같은 평화

두꺼비는 회사에 연차휴가를 냈다. 일요일 아침 교회에 가 보니 고속버스가 대기 중이었다. 이번 자원봉사 지역은 전라남도 해남 땅끝마을이었다. 버스에 오르니 의료봉사 A팀에 의사 선생님과 간호사님 그리고 성도님들이 보였다. 두꺼비가 속해 있는 해비타트 B팀 사람들도 보였다. 해비타트 팀은 어려운 집을 찾아가 도배 및 가구 보수를 도와주는 일을 했다. 교회에서 자주 보던 까치 누나도 오늘은 선글라스에 간편한 복장을 하고 왔다. 놀러 가는 것도 아니지만 들뜬 분위기였다. 까치 누나는 유치원 다니는 딸도 데리고 왔다.

"꺼비야."
"어, 까치 누나."
"어머 너 살 많이 빠졌네. 인물이 산다, 얘."
"응. 요즘 많이 안 먹어. 그런데, 누나 딸 너무 예쁘다."

두꺼비는 아이의 머리를 쓰다듬고 남자 성도들이 있는 자리로 향했다. 버스 안에 빈자리는 거의 없었다. 사무장이 올라와 인원수를 파악하고 내려갔다 그리고 부 목사님이 출발 전 기도를 시작했다. 모두들 정성스런 기도를 마치고 한마음이 되었다. 두꺼비는 고속버스 차창 너머로 보이는 풍경을 무심히 바라보았다. 잠깐 잠들었다가 휴게소에 정차한다는 방송을 듣고 눈을 떴다. 목이 칼칼했다. 물통에 물을 한 모금 마시고 내렸다. 좌우를 한번 둘러보고 가능한 사람이 없는 곳으로 빨리 걸어갔다. 교회 사람들은 두꺼비가 담배를 피우는 줄 몰랐다. 두꺼비는 재빨리 담배 한 대를 피우고 버스에 올라탔다. 마치 고등학생이 학교 화장실에서 몰래 피우는 담배처럼 회사에서 피울 때보다 간절하고 맛있었다.

주말이 아니라서 그런지 생각보다 빨리 땅끝 마을에 도착했다. 버스에서 내린 사람들은 각자 화물칸에서 자신의 짐들을 꺼내어 숙소로 향했다. 밤이 되니 개인의 차로 오기로 한 성도들도 하나둘씩 모였다. 저녁 식사 후 방마다 삼삼오오 모여 신앙 간증을 했다. 신념이 있는 분들, 각자 자기 자리에서 최선을 다해 사는 모습들, 자원봉사를 위해 본업과 일상을 희생했다는 이야기는 서로에게 힘을 불어넣어 주었다.

두꺼비는 내일 같이 일할 분들과 함께 숙소로 걸어갔다. 논두렁길을 걸어가는데 귀뚜라미 소리, 개구리 소리가 들려왔다. 꺼비는 잠시 숙소 앞 평상에 누웠다. 하늘에는 별이 무수히 많았으며 이렇게 별이 많은 하늘은 실로 오랜만이었다. 한 성도가 날이 아직 차다며 두꺼비에게 말을 걸어왔다. 방에는 이불과 베개뿐 TV도 전화기도 없다. 여기에는 자신도 모르는 어떤 평화가 있는 것만 같았다.

두꺼비는 일찍 잠에서 깼다. 잠은 조금밖에 못 잤지만 몸은 상쾌했다. 식당은 주방 일을 맡은 성도님들의 식사준비로 분주했다. 두꺼비는 아이들이 노는 모습을 구경하다 아침 식사 후 해비타트 팀별로 승합차를 나눠 탔다. 현장에 도착하니 먼저 도착해 있던 경험이 많은 형님이 줄자로 벽을 재고 휴대폰으로 사진을 찍어 도배업자에게 전송하고 있었다. 그사이 남자들은 오래된 방에 있던 가구들을 집 밖으로 옮겼고 여자들은 주방의 물건들을 정리하고 다시 닦았다. 집 안 청소가 끝나고 한숨을 돌리고 나니 풀이 발라져 있는 도배지가 도착했다. 팀장이 번호를 벽에 표시하고 남은 팀원들이 번호에 맞춰 벽지를 붙였다. 작업은 그리 어렵지 않았다.

점심 무렵 근처 부뚜막에서 새참을 먹었다. 서울에서는 맛볼 수 없는 처음 먹어 보는 국과 김치 하나, 나물 하나의 아주 조촐한 식단이었다. 그럼에도 아주 맛있었다.

식사 도중에 여자 성도님 한 분이 수다를 시작했다.

"어머, 어머! 이 국 뒤집어진다. 김치도 아삭하고 어떻게 이렇게 담글 수 있지?"

"그치? 나물도 너무 맛있다. 어디 파는 데 있으면 집에 싸가고 싶다."

"그런데 국 이름이 뭐예요? 이런 거 첨 먹어 보네."

"추어탕이요."

"어머 나 추어탕 안 먹는데 이건 너무 맛있네."

사람들의 웃음소리는 전염이 되어 두꺼비에게도 번져나갔다. 두꺼비는 선크림을 가지고 오지 않아서 까치 누나한테 빌려 발랐다. 얼굴이며 팔이 따끔거렸지만 오후에는 독거노인 집에 가서 마찬가지로 청소와 도배를 했다. 저녁에는 커다란 방에 모여 다시 이야기꽃을 피웠다. 한 분 한 분 신앙 간증을 하고 있을 때 늦게 합류한 분들도 들어와 악수를 하고 자리에 앉았다. 두꺼비는 사람들이 없는 곳으로 빠져나왔다. 이름 모를 풀냄새가 시원한 바람과 함께 풍기고 있었으며 벌레 우는 소리가 정겹게 들려와 기분은 한결 좋아졌다. 두꺼비는 구름 사이에 떠 있는 달을 바라보며 담배를 하나 빼어 물었다.

* * *

서울 사무실로 출근한 신기린은 재규어 부장의 지시대로 소모품 폴더를 열어 비교 견적 중에 공백으로 되어 있는 항목들만 따로 추려서 파일을 만들었다. 아마도 전에 일하던 사원이 대체할 만한 소모품을 찾지 못한 것 같았다. 복사해서 붙여넣고 다시 또 복사해서 붙여넣기를 반복하며 일에 열중하고 있을 때 누군가가 기린을 보고 인사를 했다.

"신기린 씨 안녕하세요."
"네? 아 예…. 누구신지?"
"아, 기억 못 하시는구나. 경리부 맹꽁이예요. 우리 에뉴얼 파티 때 봤죠?"

'파티? 아 그때 말 걸었던 그 여자?'

기린은 지난번 애뉴얼 파티 때 같은 테이블에 마주 앉았던 여자를 기억해냈다.

"원 대표님 오셨나 봐요."
"네."
"이번 산악회는 오실 거죠?"
"예. 이번에는 참석할게요…."
"어머 정말요? 그럼 이번 주 일요일에는 꼭 뵐게요!"

괜히 말꼬리 붙잡히면 난처할 수도 있었다. 얼굴을 보고 대놓고 안 가겠다고 하기도 난감했다. 도끼로 열 번도 넘게 찍힌 기분이랄까?... 좀 이상하다. 맹 대리가 두고 간 커피 뚜껑을 여니 하얀 김이 올라왔다. 기린은 은은하게 남은 맹꽁이의 향수 냄새를 맡았다. 너무 오래 연애를 쉰 것 같다는 생각이 들었다.

'나한테 메일을 보내던 여자가 이 사람이었구나….'

일요일 아침 기린은 여느 때와 달리 일찍 일어났다. 지난 주 맹꽁이와 회사 산악회 모임에 참석하기로 약속을 했기 때문이었다. 하지만 기린에게는 그 흔한 등산복 하나 없었다. 그래서 예전 동네 체육관에 다닐 때 샀던 추리닝을 입고 지갑과 휴대폰만 주머니에 넣은 채 빈손으로 출발했다. 가방도 모자도 필요 없었다. 산악회에 도착하니 서울, 안양, 군포, 인천 사무소 사람들이 모여 있었다. 맹꽁이가 기린을 향해 손짓했다. 인원은 대략 50여 명 정도였다. 기린은 그중 재 부장이 어디에 있나 찾아봤다. 기린이 참석한다고 했더니 안 다니던 재 부장도 나가 보겠다고 했다. 곧이어 산행이 시작되었고 호흡과 걸음에 리듬감이 생겼다. 사람들이 너무 자주 지나가서인지 등산로의 나무뿌리가 다 드러나 보였다. 기린은 인상을 찌푸렸다. 사람들이 오를 때마다 나무뿌리에 붙어 있던 흙이 떨어져 나간 모양이다. 이 산은 좀 쉬어야 할 듯했다.

기린은 등산을 즐기는 편이 아니었다. 등산을 한다면 꼭 정상을 목표로 올라갈 필요는 없다고 생각했다. 예쁜 꽃이 많이 피어 있는 곳, 자그마한 산장이 있는 곳, 맑은 계곡이 있는 곳, 경치가 아름다워 사진 찍고 싶은 그런 장소를 목적지로 하고 싶었다. 사람들은 정상에 기어 올라갈 때까지 앞만 보고 걷는다. 뒤처지면 안 된다. 예전에 혼자 등산을 했을 때가 생각났다. 산행 중 조그마한 암자에 들렀을 때 우연히 얻어먹었던 절밥. 투박하지만 스님이 직접 담근 고추장과 장아찌의 그 오묘한 맛을 떠올렸다.

산 정상에 도착하니 모두들 단체 사진을 찍는 등 왁자지껄했지만 기린은 사진 찍히는 것에 관심이 없어 경치를 구경했다. 산행이 끝나고 회원들은 막걸리와 파전을 파는 식당에 자리를 잡았다. 기린은 임원들이 자리에 앉는 것을 보고 나서 멀찍이 떨어져 앉았다. 재 부장은 임원들 사이에 끼어 있었다. 음식이 나오기도 전에 여기저기 술잔을 기울이는 분위기였다. 여직원 몇 명이 기린 근처에 따라 앉았다. 인사과 임팔라 이사님이 막걸리병을 따며 기린에게 말했다.

"기린 씨도 한잔해."
"감사합니다."

기린은 술을 잘 하지 못해 손사래를 쳤지만 이사가 권하는 막걸리 잔을 거절할 만큼 용감하지는 않았다. 잠시 후 술을 들이킨 기린의 눈에 건너편 자리의 맹꽁이가 임원들 사이에서 웃고 떠드는 모습이 보였다. 잠시 후 얼굴이 불콰해진 맹꽁이가 신이 난 듯 기린 쪽으로 다가왔다.

"오… 맹 회장님 오셨습니까?"

임 이사와 나방이 맹꽁이를 추켜세웠다. 옆 사람들이 웃고 떠들고 있는 동안 재 부장이 자리를 바꿔 이쪽으로 왔다.

"원 대표님도 오늘 안 계시잖아. 오늘 같은 날 마셔야지! 빨리 잔 비우고 내 술도 받아!"

술판이 무르익기 시작하자 맹꽁이는 기린에게 말을 걸었다.

"어디 사세요?"
"화곡동이요."
"나이가?"
"서른하나입니다."
"저보다 한 살 많으시네요."

맹꽁이가 환하게 웃었다. 술을 몇 잔 들이켠 기린이 곧바로 맹꽁이의 얼굴을 보며 말을 이었다.

"끝나고 커피 한잔하실래요?"
"아니요."
"예, 저도 그냥 해 본 말입니다."

기린은 특유의 힘없는 미소를 보였다.

산행의 뒤풀이가 끝난 후 기린이 재 부장과 함께 버스정류소까지 걸어가는데 재 부장이 갑자기 지나가는 택시를 붙잡았다. 기린은 오랜만의 산행에 술까지 마셔 바람을 좀 쐬고 싶었지만 재 부장의 성화에 어쩔 수 없이 옆에 올라탔다. 그리고 지하철역에서 내렸다. 낮술을 마셔서 그런가 피곤이 몰려왔다. 지하철 의자에서 기린은 깜빡 잠이 들었다.

기린과 원 대표는 늘 같은 시간에 함께 출근을 했다. 오늘은 지원팀의 단순하게 작성하면 되는 세금계산서도 없었다. 시간이 난 기린은 오랜만에 탈무드를 읽었다. 돈… 돈 이야기… 돈에 관한 교훈…. 빈 지갑이 사람을 기운 없게 만든다거나 절벽에 매달렸을 때의 간절함으로 돈을 모으라는 교훈들이었으며 그중 기억에 남는 이야기가 하나 있었다.

어떤 배가 항해를 계속하고 있었는데 갑자기 높은 파도가 일고 심한 폭풍우가 몰아쳐 뱃길을 잃고 말았다. 아침이 되자 바다는 고요해졌고, 배는 아름다운 항구가 있는 섬에 닿아 있었다. 선원들은 이곳에 닻을 내리고 잠시 쉬어 가기로 했다. 그 섬에는 각양각색의 아름다운 꽃들이 만발해 있었고, 맛있어 보이는 과일들이 주렁주렁 달린 나무들이 신선한 녹음을 드리우고 있었다. 온갖 새들은 즐겁게 지저귀었다.

선원들은 다섯 그룹으로 나뉘었다. 첫째 그룹은, 자기들이 섬에 상륙해 있는 동안에 순풍이 불어와 떠날 기회를 놓칠지도 모른다고 생각했다. 아무리 섬이 아름다워도 자기들의 목적지로 가는 것이 최우선이었기 때문에 그들은 아예 상륙조차 하지 않고 배에 남아 있었다.

둘째 그룹은, 서둘러 섬에 올라가 향기로운 꽃향기를 맡고 나무 그늘 아래에서 과일을 따 먹고는 기운을 되찾아 곧 배로 돌아왔다.

셋째 그룹은 섬에 올라가 너무 오래 있다가 순풍이 불어오자 배가 떠나는 줄 알고 당황하여 서둘러 돌아왔기 때문에, 소지품을 잃어버렸고 자기들이 앉았던 배 안의 좋은 자리마저 빼앗겼다.

넷째 그룹은, 순풍이 불어 선원들이 닻을 올리는 것을 보았지만, 돛을 달려면 아직 시간이 있으며 선장이 자기들을 남겨 두고는 떠나지 않으리라는 등의 생각으로 그대로 남아 있었다. 그러다가 정말로 배가 항구를 떠나가자 허겁지겁 헤엄을 쳐서 배에 올라갈 수 있었다. 하지만 바위나 뱃전에 부딪혀 입은 상처는 항해가 끝날 때까지도 아물지 않았다.

다섯째 그룹은, 너무 많이 먹고 아름다운 경치에 도취되어, 배의 출항을 알리는 소리조차 알아듣지 못했다. 그래서 숲속 맹수들의 밥이 되거나 독이 있는 열매를 먹고 병이 들어 마침내는 모두 죽고 말았다.

기린은 자신이라면 어떤 그룹에 속하게 될지 생각해 봤다. 그러다 기린은 심심풀이로 사내 게시판을 열어 보았다. 사내

게시판에는 산악회 후기와 여러 장의 사진들이 올라와 있었는데 사진 속의 기린은 옆을 쳐다보고 있었다. 그때 재 부장이 전화를 받았다.

"아 오셨습니까. 바로 나가겠습니다. 기린 씨 회의실로 음료수 두 잔만 가져다줘."

재 부장은 어떤 중년의 남자와 악수를 하고 회의실로 들어갔다. 기린은 비서실에서 쟁반을 가져온 다음 음료수를 두 개 준비해 회의실로 들어갔다. 기린이 회의실 문을 열자 중년의 남자는 안주머니에서 흰 봉투를 꺼내다 말고 다시 집어넣었다. 그리고 주먹으로 입을 가리며 헛기침을 했다. 재 부장은 책상 위에 왼손을 좌우로 흔들며 말했다.

"그건 좀 있다 하시고요. 김철수 상무님... 아니, 김 사장님은 잘 계시죠? 아, 그리고 이 친구는 제 직속으로 있는 사람입니다. 앞으로 이 친구가 부장님 회사와의 일들을 담당할 겁니다. 기린 씨 인사해, 소모품 협력사 Savage Office 최 부장님이셔."

재 부장이 기린에게 소개시켜 준 거래처 사람은 짧은 스포츠머리에 씨름선수 같은 풍채를 가지고 있었다. 기린은 그와 악수를 할 때 그의 악력이 대단하다는 것을 느꼈다. 그는 마치 잃어버린 형제를 만나듯이 기린을 반갑게 대했다. 인사를 마치고 기린은 바로 회의실을 나왔다. 기린이 메일을 보냈던 소모품 회사의 담당자였지만 직접 대면하는 것은 처음이었다. 기린은 재 부장에게 소모품 독점 공급 계약서가 작성되었다고 들었다. 다음 달부터는 전국의 사무실이 그 업체의 제품을 사용하기로 했다. 잠시 후 자리로 돌아온 기린은 맹꽁이에게 산행은 재미있었지만 다음번에는 참석할 의향이 없다는 메일을 보냈다. 좋은 경험이었고 서울에서 근무하는 날에는 점심이나 한번 같이했으면 한다고 덧붙였다. 얼마 후 맹꽁이로부터 장문의 답신이 왔다. 내용은 자신은 경리부에 일하기 때문에 결산을 하는 월말과 월초에 서울에서 근무를 한다는 것이었다. 그리고 회사 내에 다른 눈이 많기 때문에 단둘이 점심식사를 하는 것은 조금 부담스럽다고 했다. 한 시간 후 또 메일이 왔다. 이번 주말에 시간이 있느냐는 물음이었다. 그러나 시계는 퇴근시각을 가리키고 있었기에 기린은 답장을 못한 채 밖으로 나왔다.

시간이 흘러 원 대표는 기린과 대화를 하는 횟수가 부쩍 늘었다.

"자네 결혼은 했고?"
"사귀는 사람이 아직 없습니다."
"흠…. 여자는 최악만 아니면 그냥 데리고 살게."

그동안 기린이 만난 여자는 최악이었던가? 아니면 본인이 최악이었던가? 원 대표가 차에서 내린 다음 기린은 오랜만에 자신의 군대 시절 고참에게 전화를 걸었다. 기린은 군 복무 당시 간부식당 취사병이었는데 그 시절, 지금 연락하는 고참한테 많은 것을 배웠었다.

"형 오랜만이에요."

"이게 누구야 신 일병 아니야?"

"예. 형은 아직도 거기서 일해요? 여자랑 밥이나 한번 먹으려고요."

"여자! 너 여자 생겼냐? 데리고 와 나는 거기 그대로 있어!"

"아니, 그건 아니고요. 토요일 점심시간 지나서 한번 들를게요."

고참과의 통화를 마친 후 기린은 맹꽁이에게 문자메시지를 보냈다. 만나자고 마음을 낸 순간부터 그전에 보이지 않던 그 여자의 매력이 보이는 듯했다.

* * *

토요일 아침. 기린은 차를 몰고 맹꽁이와 약속한 장소로 향했다. 그녀의 집을 모르기 때문에 근처 대형 쇼핑몰에서 만나기로 했으며 기린은 약속 시간 20분 전에 도착했다. 그리고 맹꽁이에게 전화를 걸었다.

"도착했습니다."

"오전에 아무 연락이 없어서 안 오시는 줄 알았어요. 집에서 십 분 거리예요. 금방 나갈게요."

맹꽁이는 꽃무늬 원피스에 검은 스타킹 그리고 아주 진한 화장을 했다. 산악회에서 봤던 사람하고는 완전 다른 사람처럼 보였다.

"안녕하세요."

"네. 안녕하세요. 아는 사람의 가게 예약해 두었는데요. 여기서 멀지 않아요."

맹꽁이는 긴장을 많이 한 듯 식당에 도착할 때까지 가방 손잡이를 계속 만지작거렸다. 곧 규모가 큰 한정식집에 도착했다. 정원은 소나무로 꾸며져 있었으며 통 유리 벽 외관에 천장도 높았다. 예약된 자리로 안내를 받고 기린은 식사를 주문했다. 기린은 맹꽁이에게 잠시만 기다리라고 이야기한 후 고참에게 전화를 했다. 기린은 건물 뒤로 돌아서 고참이 있는 곳으로 갔다.

“신 일병 오랜만이다!”

“형님은 그대로네요.”

“지금도 일식집에서 일하냐?”

“요즘에는 잠깐 다른 일 하고 있어요.”

“니가 준 책 재미있게 잘 봤다. 《월든》 이거 요리사가 쓴 책이야.”

“형 그거 기억나요? 군대에 있을 때 형이 카스텔라 만들어 먹어야 한다고 나 머랭 치기 시켰던 거?”

“크크크... 니 후임한테도 시켰었지 기운이 떨어질 때면 군기가 빠졌다고 재미삼아 갈궜지.”

“고생스러웠는데… 맛은 있었어요. 오븐 없이 냄비에도 카스텔라를 만들 수 있다는 거 그때 처음 알았잖아요.”

“오늘은 내가 실력 발휘를 좀 해 보마. 가서 맘껏 먹어.”

기린은 다시 자리로 돌아왔다. 잠시 후 상 위로 수십 개의 음식그릇이 올려졌다. 국은 매운탕이었으며 기린은 생선 내장을 국자로 떠서 맹꽁이의 그릇에 담았다.

“이걸 ‘애’라고 불러요. 우리 속담에 애간장이 녹는다고 하죠. 이게 바로 그 ‘애’에요.”

“그렇구나. 어떻게 그런 걸 아세요?”

“저 원래 요리사였어요.”

“아 그래요? 저는 이런 고급스러운 한정식집은 처음 와 봐요."

기린은 잠시 이전에 일하던 일식당이 생각났다. 아마도 평범한 사람은 들어설 엄두도 못 내는 그런 고급 레스토랑이었다. 애니멀 전자에서는 임원급이 아니면 오지 못 할 그런 곳. 선배가 후식 과일을 직접 들고 왔다. 이 시간은 손님이 많은 시간이 아니라고 했다. 군대에서 만난 인연이 사회에서까지 지속되는 일은 흔한 일이 아니라며 기린보고는 성실한 사람이라고 맹꽁이에게 이야기했다. 기린은 계산을 한 다음 선배한테 감사 인사를 하고 나왔다. 이제 둘에게 특별히 정해진 일정은 없었다. 기린은 자동차에 시동을 걸고 맹꽁이에게 이제 뭐 하고 싶으냐고 물었다. 맹꽁이는 보고 싶은 영화가 있다고 했다. 둘은 영화를 봤다. 영화관 안에서 맹꽁이는 자신의 사진을 기린에게 전송했다. 사진 속의 그녀는 맨얼굴에 교복 차림이었다. 기린은 웃으면서 고개를 끄덕였다. 영화를 보고 나서 기린은 집에 데려다주겠다고 했다. 맹꽁이는 한잔하고 싶다 말하고 집 근처에 호프집으로 기린을 끌고 갔다. 맹꽁이는 중학교 동창이라며 호랭이라는 친구도 불러냈다. 이렇게 셋이서 맥주를 마시게 되었지만 기린은 운전을 해야 한다고 말하고 한 모금만 마셨다. 호랭이라는 친구를 먼저 보내고 기린과 맹꽁이는 차에 탔다. 내비게이션에 맹꽁이 집 주소를 찍었다. 호프집에서 집까지는 5분도 걸리지 않았다.

"오늘 즐거웠습니다."

"…."

"조심히 들어가세요."

맹꽁이는 갑자기 칭얼거리며 고개를 좌우로 흔들었다. 기린은 차에서 내려 문을 열어 줬다. 맹꽁이는 이상한 고집을 부리며 차에서 내리지를 않았다. '뭐 어쩌자는 건지….' 기린은 운전석으로 돌아왔다. 잠시 침묵이 흘렀다. 그러자 이번에는 맹꽁이가 제 발로 내렸다. 그녀는 자신의 집 현관 앞 계단에 올라섰다. 기린은 그녀의 뒷모습은 흐느끼는 것 같아 보였다. 맹꽁이는 지난날의 과거가 떠올랐다. 첫사랑부터 작년에 헤어진 그 남자까지..

언제나 연애 초기에는 꽃길을 걷는 듯했지만 맹꽁이가 좋아했던 남자들에게는 항상 다른 여자가 생겼었다. 맹꽁이는 기린과의 행복이 이번에도 다른 여자 때문에 또 깨어질까 갑자기 불안감이 엄습해왔다. 그러자 맹꽁이는 항상 해왔던 비뚤어진 방법으로 상대의 마음을 확인하고 싶어졌다. 술에 취한 맹꽁이는 방금 헤어진 기린에게 문자 메시지를 보냈다.

"우리 사귀는 거 아니야, 그러니까 여기서 헤어져!!"

뜬금없는 맹꽁이의 문자 메시지를 확인한 기린은 순간 당황스러웠다. 데이트를 하면서도 맹꽁이의 성격이 조금은 변

덕스럽다고 느끼긴 했지만 무슨 답변을 해야 할지 떠오르지 않았다.

기린은 답장을 했다.

– 제가 마음에 들지 않으시더라도 막말은 하지 말아 주십시오. –

집에 들어와서 씻고 한숨 돌린 다음 기린은 읽던 책을 다시 펼쳤다. 12시가 가까워지자 잠을 청하려고 불을 끄고 자리를 누워 한숨 돌리려는데 맹꽁이로부터 전화가 왔다.

"잘못했어요."

아직도 울먹이는 목소리였다. 기린은 혼란스러웠다.

"아 네…."
"잘…못 했어요…."

꽁이는 울음을 터트렸다.

"제가 무슨 실수라도…."
"미안해요. 정말 미안해요…."
"아니, 저기 그냥 주무세요. 나중에 이야기하시죠."

기린은 전화를 끊고 한동안 고민했다.

'이 여자 계속 만나도 될까?'

7.

이제 곧,
번식기가 다가옵니다

애니멀 전자는 과천에 있는 중소기업인 Reptilia tech와 인수합병의 절차를 밟고 있었다. 두꺼비는 본사의 지시를 받고 Reptilia tech에 방문을 했다. 감정원에 자산평가를 의뢰하기 전에 본사에서 먼저 실물자산을 검토해 보라는 지시가 있었고 그는 오산에 있는 구렁이 대리를 만나기로 되어 있었다. Reptilia tech가 매각될 거라는 소문에 벌써부터 적지 않은 수의 직원들이 회사를 떠나고 있었다. 그런 점에서 구렁이는 박력 있고 의리 있는 사람이었다.

두꺼비는 구렁이와 함께 회사를 한 바퀴 둘러보고 2층 회의실로 들어왔다. 두꺼비 말고도 경리부 오징어 과장과 지원팀 사슴 과장도 자리를 함께했다. 회의실에서 구 대리는 브라질 축구선수 같았다. Reptilia tech에서 누군가 말을 하려고 하면 중간에 가로채서 본인이 전부 다 설명했다. 시간이 되자 지원팀의 사슴 과장이 앞에 나가서 애니멀 전자의 회사 소개를 시작했다. 회의가 끝나 갈 때 대표이사님이 오셨다고 연락이 왔다. 곧 Reptilia tech 사장과 애니멀 전자의 원 대표이사가 미팅을 할 예정이었다. 두꺼비는 담배를 피우기 위해 1층으로 내려갔다. 로비에서 기린을 만났다.

"오랜만이야 기린 씨."

"안녕하세요. 두 대리님."

"나 담배 피우러 가는 길인데 같이 가지?."

"네."

"요즘 어떻게 지내? 혹시 연애해? 안색이 좋아졌네."

"만나는 여자는 있어요. 아직 정식으로 사귀는 건 아니지만."

"잘됐네. 나중에 나도 소개시켜 줘."

"네."

두꺼비는 오산에서 보고서를 작성해서 회사로 전송한 후 퇴근을 했다.

집에 들어와 보니 부모님께서 아들 걱정을 하고 계셨다.

"저러다 정말 평생 혼자 살겠다고 하면 어쩌죠?"

"그러게. 저번에 그 집사님 딸이랑도 잘 안된 거지?"

"네…. 저가 싫다고 했다지 뭐예요?"

"혹시 우리가 모르는 문제라도 있는 거 아닐까…?"

두꺼비는 현관에서 가만히 부모님의 대화를 엿듣다가 울적한 기분에 다시 돌아 나왔다. 아무 생각 없이 걷다 보니 교회 앞이었다. 오늘은 수요 저녁 예배가 있는 날이었다. 평일에는 교회에 가 본 적이 별로 없는데 오늘만큼은 들어가 보고 싶었다. 뒤쪽 자리에 앉으니 같이 봉사 활동 갔던 까치 누나가 보였다. 두꺼비는 손을 흔들어 인사했다. 그 옆에는 처음 보는 여자가 있었다. 긴 생머리에 이목구비가 뚜렷했다. 특히 도톰한 입술이 인상적이었다. 이렇게 멋진 분은 교회에서 처음 보았다. 나이도 자신과 비슷해 보였다. 두꺼비는 앞쪽에 앉았지만 가끔 까치 누나와 함께 있는 그녀를 보기 위해 뒤를 돌아봤다. 자신도 모르게 자꾸만 시선이 갔다.

맹꽁이는 기린의 연락을 애타게 기다렸다. 일주일이 다 되도록 기린은 아무 말도 없었다. 오늘은 월말이라 서울 사무소로 출근해야 했다. 지금 이 상태로 마주친다면 심장이 터져버릴 것만 같았다. 다행히 출근길에는 기린이 안 보였다. 컴퓨터를 켜고 커피를 탔다. 그때 나방이 맹꽁이의 옆으로 다가왔다.

"너 그 소식 들었어?"
"뭐?"
"전산실 최 과장님하고 인사과 인턴하고 사귀는 거."
"어머 정말이야?"
"벌써 소문이 쫙 났어! 최 과장님 돌아온 싱글이잖아!"
"웬일이야, 웬일이야."

순간 맹꽁이 머릿속에는 기린과 데이트했던 날이 떠올랐다. 이제 더 조심스럽게 만나야겠다고 마음먹었다. 맹꽁이는 기린에게 문자메시지를 보냈다.

– 우리 다시 한번 만났으면 해요…. –

같은 층에서 일하고 있지만 그 사람과 자신의 거리는 너무나도 멀게만 느껴졌다. 곧 기린으로부터 회신이 왔다.

– 오늘 밤에 대표님이 야근을 할 예정입니다. –

맹꽁이도 오늘 늦게 퇴근한다고 회신했다. 오늘은 둘 다 사무실에서 야근을 한다. 저녁 식사 시간에 사람들이 없는 커피숍에서 잠깐 만나자고 연락했다. 이렇게 잠깐 짬을 내는 것도 힘들다. 맹꽁이는 경리부 직원들과 함께 저녁을 먹고 나서 회사 길 건너편 건물 2층에 자리 잡고 있는 아늑한 카페에서 기린을 기다렸다.

잠시 후 기린이 들어왔다. 입은 웃고 있었지만 눈빛이며 얼굴은 온통 무표정이었다. 기린은 맹꽁이에게 왜 그렇게 헤어지자는 말을 쉽게 하냐고 묻자 맹꽁이는 왜 그렇게 쉽게 포기하느냐고 되물었다. 이로써 서로의 마음은 조금 확인이 된 거 같았다. 맹꽁이는 조금 안심이 되었다. 이 남자 나와 진지하게 사귈 마음이 있는지도 모른다. 맹꽁이가 이번 주 토요일 대학로에 같이 놀러가지 않겠느냐고 묻자 기린은 생각해 보겠다고 말하며 먼저 나갔다. 맹꽁이는 좀 더 신중하게 행동해야겠다고 마음먹었다.

토요일 아침 기린은 대학로에 약속 장소로 향하고 있다. 대학로는 기린한테는 여러 가지 의미가 있는 곳이었다. 못다 한 연극과 영화의 꿈…. 열정과 추억이 서려 있는 곳. 그러나 오늘은 그녀를 만나는 날이었다. 그녀에게 집중하기로 했다. 회사 업무가 끝나고 집으로 돌아가는 그녀의 뒷모습은 늘 지쳐 보였다. 그녀의 말대로 사랑할 시간이 많지는 않았다. 혜화역에서 둘은 다시 만났다. 기린이 자연스럽게 맹꽁이의 손을 잡았다. 벽화를 구경하면서 함께 걸으며 꽁이는 지난번에 호랭이와 함께 대학로에 와서 꽤 재밌는 연극을 본 이야기로 화제를 돌렸다..

"연극 좋아해?"
"응 많이 좋아해."
"Who is it that can tell me who I am?"
(내가 누구인지 말할 수 있는 자는 누구인가?)
"멋있다. 어디에 나오는 대사야?"
"〈리어왕〉."

두 사람은 빙수 전문점에 들어가서 팥빙수를 주문했다. 맹꽁이는 맞은 편 앉아 있는 남자가 너무 해맑은 눈빛으로 자기를 바라보는 게 신기했다. '이 남자는 마치 어린아이 같다. 나와 함께 있는 것만으로 그리도 행복한가?'

"난 원 대표이사님이 너무 좋아. 나 입사했을 때 안양에서 부장님이셨어."

"어… 그래."

대학로 마로니에 공원으로 자리를 옮기자 사람들이 환호하고 박수 치는 소리가 났다. 소리 나는 방향으로 향하니 계단 위에서 통기타를 치는 개그맨이 원맨쇼를 하고 있었다. 꽁이와 기린은 키 차이가 30cm 정도 났다. 꽁이는 한 계단 위에 서게 하고 기린은 지상에 서서 구경을 했다. 맹꽁이가 기린의 어깨에 머리를 살짝 기댔다. 기린이 처음으로 꽁이의 어깨를 감싸 안자 꽁이의 심장은 빠르게 뛰기 시작했다. 공연이 끝나고 기린은 택시를 잡았다. 그리고 남산에 있는 호텔로 향했다.

"우리 어디가?"

"남산에 있는 호텔."

"뭐라고? 이상하면 바로 나올 거야!"

"그냥 보여 줄게 있어…. 따라와 봐."

기린은 일전에 외국인 손님을 내려 줬던 그 호텔로 향했다. 맹꽁이와 로비에 있는 보석점에 들어가 반지를 구경했다.

"여기야…. 골라 봐."

"어? 뭐라고? 우와!"

언젠가 여자가 생기면 선물해 주기로 마음먹었었다. 반지 가격은 기린의 급여에 3분의 1 정도 했다. 기린이 그동안 모은 돈은 연봉을 기준으로 4년 치 정도였다. 그 돈으로 집을 장만하거나 가게를 차리는 건 불가능했지만 좋아하는 여자를 위한 선물이라면 돈 같은 건 별로 생각하지 않고 싶었다.

"반지가 다 맘에 안 들어. 나, 이거 말고 전부터 갖고 싶었던 반지가 있어. 우리 나가자."

"그래?"

맹꽁이는 호텔에서 멀지 않은 백화점으로 향했다. 그리고 전에 봐 두었던 디자인 중 가격대가 부담스럽지 않은 것을 가리켰다.

"나 이거 갖고 싶어."

"이거 주세요."

"사이즈 확인하겠습니다. 우선 이것부터 껴 보세요."

기린은 애초에 생각했던 예산보다 돈이 많이 남았다고 생각했다.

"뭐 먹고 싶은 거 없어?"

"스테이크."

"가자."

둘은 조명이 어두운 스테이크 가게에 들어갔다. 구석진 자리에 안내받은 다음 T본 스테이크를 주문했다. 기린은 맹꽁이에게 잠시 반지를 달라고 했다. 그리고 한쪽 무릎을 꿇고 맹꽁이의 손가락에 반지를 끼워 줬다.

"왜 아무 말도 없어?"
"반지 잘 어울리네."
"아이 그런 거 말고!"
"정식으로 프러포즈는 나중에 할 거야."

기린은 사랑한다고 말하지 않았다. 그건 나중을 위해 아껴 둬야 한다고 생각했다. 맹꽁이는 다음 주부터는 회사에서 보내 주는 회계학원에 다녀야 한다고 했다. 앞으로는 만날 시간이 더 없을 것 같다고….

맹꽁이 집 앞에 도착한 기린은 맹꽁이 손에 키스를 했다. 꽁이는 기린의 옷깃을 붙잡았다. 기린은 꽁이의 옆머리를 귀 뒤로 쓸어 넘기고 턱을 감싼 다음 부드럽게 키스를 한 후 돌아서서 걸었다. 그때 기린 옆으로 어떤 아주머니 한 분이 지나갔다.

"꽁이야."

"엄마."

"우리 딸 일찍 들어왔네? 호랭이랑 잘 놀았니?"

"응…."

맹꽁이는 엄마의 어깨너머로 사라져 가는 기린의 뒷모습을 보았다.

* * *

두꺼비는 일요일 아침 교회에 갔다. 일과 사랑… 신앙생활 그리고 건강…. 모든 것이 기본에 충실한 삶이 되길 바랐다. 예배가 끝나고 바로 교회 주차장으로 갔다. 예전 같으면 밥을 먹으러 교회 식당으로 갔을 시간이지만 요즘은 마늘빵에 주스로 때우고 주차 봉사를 하고 있는 중이었다. 교회의 방문 차량이 정리가 되고 나서 짐을 챙기러 2층에 있는 쉼터로 가서 친하게 지내는 교회 사람들과 인사하고 집으로 돌아가려는데 까치 누나가 두꺼비를 불렀다. 까치 누나는 지난번 봤던 그 여자와 함께였다….

"두껍아 인사해 강연어 씨야."

"안녕하세요. 두꺼비라고 합니다."

"안녕하세요. 강연어라고 합니다."

"둘 다 믿음이 좋은 사람들이니 앞으로 친하게 지내라고 우리 비스트로 가서 식사나 할까?."

세 사람은 까치 누나의 차를 타고 근처 식당으로 자리를 옮겼다. 연어 씨하고는 초면이지만 그동안 눈빛이 여러 번 부딪혔었다. 식당에 들어가자 까치 누나가 나서며 음식을 주문했다. 이곳은 파스타가 맛있다며 추천해 주었고 두꺼비와 강연어 씨는 무엇이든 상관없다고 했다.

"꺼비야 너 몇 살이지?"
"서른넷이요."

순간 연어의 얼굴이 굳어졌다.

"뭐야 왜 이렇게 어려… 난 네가 나이가 있는 줄로 봤는데. 요즘 살을 빼니까 제 나이로 보이네."

까치 누나는 별일 아니라는 듯이 웃었다. 주문한 샐러드와 파스타가 나오자 까치는 자리에서 일어났다.

"아이쿠 나는 우리 딸 유치부 끝날 시간이라 들어가 봐야겠다."

까치는 두꺼비에게 윙크를 하고 가게 밖으로 나갔다.

* * *

맹꽁이는 퇴근 후 회사에서 지원하는 회계학원에 갔다. 기린은 집에서 기다리다 맹꽁이를 데리러 갔다. 기린은 저녁밥을 못 먹었다는 여자 친구를 위해 도시락을 만든 후 문자메시지를 주고받으며 학원이 끝나는 시간과 픽업 장소를 조율했다. 기린은 학원 근처 골목길에서 맹꽁이를 기다렸다. 곧 학원생들이 몰려나오고 주변 사람들과 인사를 하는 맹꽁이가 보였다. 맹꽁이는 주변 사람들이 멀어지는 것을 확인하고 기린의 차에 올라탔다.

"오랜만이에요."
"응."
"안 피곤해요? 나 데리러 오면?"
"안 피곤해."

기린은 준비했던 장미꽃 한 송이를 꽁이에 코 앞에 들이댔다.

"아 향기 너무 좋아."

집에 가는 동안 꽁이는 향기가 좋다는 말만 수십 번 한 것 같았다. 두 사람은 꽁이의 휴대폰에 있는 노래를 들었다.

집 앞에 도착한 다음 기린은 집에서 만든 도시락을 건네주었다. 볶음밥으로 만든 곰돌이가 계란 이불을 덮은 모양이었다. 꽁이는 도시락을 열어 보고는 소리를 지르며 먹기에 아깝다는 둥 야단법석이었다. 밤이 깊었으니 배가 고플 때도 되었다. 기린은 꽁이와 인사하고 집으로 가는 도중 꽁이한테서 전화가 왔다.

"오늘 같이 있고 싶어요."

잠시 후 기린은 꽁이를 내려 준 자리로 돌아왔다. 꽁이에 한 손에는 캔맥주와 장미꽃 한 송이가 같이 들려 있었다. 상태를 보니 벌써 다 마셔버린 모양이었다. 두 사람은 가까운 모텔로 향했다. 기린은 말없이 앉아 있다가 돌아 누워있는 꽁이를 안았다. 꽁이는 양팔을 교차한 채 더욱 작게 몸을 웅크렸다. 기린은 일어나 옷을 입고 집에 가겠다고 말했다. 문이 열리는 소리와 함께 꽁이가 외쳤다.

"가지 마!"

다음 날 기린은 입사 후 처음으로 지각을 했다. 출근하자마자 원 대표의 호출이 이어졌다. 기린은 대표이사실의 문을 노크하고 인사를 했다.

"오늘 고래 회장님하고 오산 사무소에 갈 거야. 20분 뒤에 출발."

"네"

야근이 예상된다. 오늘은 꽁이가 학원가는 날이기도 했다. 기린은 오늘은 데리러 가지 못한다고 문자를 남겨야겠다고 생각했다. 두 임원은 곧바로 엘리베이터를 타고 내려왔다. CFO(최고재무책임자) 고래 회장과 CEO(대표이사) 원 대표의 대화가 차 안까지 이어졌다.

"Reptilia tech 인수합병에 이렇게 오랜 시간이 걸릴 줄은 몰랐습니다."

"저도 이렇게 힘들 줄은 몰랐네요."

"이구아나 사장이 원하는 건 결국 돈이죠."

"법률적으로 검토할 부분은 다 끝났어요."

"그 사람 회사 처분한 다음엔 할 게 없으니…."

"회사 매각한 돈으로 근처 건물을 하나 얻으라고 했습니다."

"임대료를 적절하게 챙겨 주면 된다…. 그거 좋은 생각입니다."

귓속말을 하는 것으로 보아 기린이 들으면 안 되는 이야기로 예상되었다. 운전을 하던 중 기린에게 전화가 왔다. 왕악어 상무였다.

"아이고 기린 씨."

"네."

"사장님 오늘 오시죠? 도착하시기 10분 전에 전화 좀 주셔. 부탁해요."

"네."

기린은 목적지까지 5km 정도 남았을 때 전화를 걸었다. 오산 Reptilia tech 사옥에 도착하자 10여 명의 임직원이 나와서 기다리고 있었다. 렙틸리아 테크 도마뱀 사장은 차에서 내린 임원들과 악수를 나누고 건물 안으로 안내했다. 기린은 차에 남아 노트북으로 영화를 봤다. 잠시 후 왕 상무로부터 저녁 식사 장소 주소를 받았다. 회식 장소에 도착하자마자 기린은 가게 입구에 자리를 잡고 책을 읽었다. 그때 왕 상무가 빠른 걸음으로 나와 기린의 손을 잡았다.

"아유. 여기서 기다리시면 섭섭하지. 들어와 같이 식사하시자고! 술은 안 드시지? 사이다 드릴게."

"아, 네."

왕 상무는 영업이 몸에 배어 있는 느낌이었다. 상냥하긴 하지만 뭔가 과잉된 친절함이랄까…. 기린은 그런 왕 상무의 친절이 조금 부담스러웠다. 식사 중에 이어지는 대화는 뭔가 어수선했고 골프 이야기로 시작해서 술 취향까지 사업과 아무 관련 없는 이야기만 하다가 끝이 났다. 뭔가 마음은 열려 있지 않고 겉도는 대화 같았다. 하나같이 웃고는 있는데 재미없는 분위기... 그러나 임원들의 회식 자리이기에 기린은 조용히 밥만 먹고 자리에서 일어났다.

식사를 먼저 끝낸 기린은 시계를 봤다. 지금 이 시간이면 맹꽁이는 학원 끝나고 집에 도착했을 것이다. 신기린은 맹꽁이에게 데리러 가지 못해 미안하다고 메시지를 보냈다. 얼마 지나지 않아 맹꽁이한테서 전화가 왔다. 술에 취한 목소리였다. 기린의 애정표현에 성이 차지 않았던 맹꽁이는 극단적인 말로 그의 사랑을 확인하고 싶어졌다.

"사실 갖고 싶던 반지가 따로 있었어."

"어 그래 사 줄게."

"아니 필요 없어. 오늘 밤 나 안 보고 싶어?"

"보고 싶지만 오늘은 힘들 것 같아."

"우리 헤어져 우리 헤어지잔 말이야!"

기린은 그녀가 자신에게 듣고 싶은 말이 뭔지 잘 모르겠다고 생각을 했다. 밤은 깊어가고 있었다,

오늘 경리부는 6시에 일을 모두 마쳤다. CFO고래 회장님 댁에서 파티를 하기로 했기 때문이었다. 저녁 7시 맹꽁이와 나방은 오징어 과장 차에 함께 탔다. 압구정을 지나 청담동

명품 매장이 모여 있는 거리를 지나쳤다. 차장 너머로 유명 디자이너의 옷이며 고급브랜드의 가방이 보였다. 맹꽁이는 잠시 생각에 잠겼다. 오 과장의 차는 청담동 고래 등 같은 회장 자택 앞에 멈춰 섰다. 왠지 경비 할아버지도 여유 있고 친절해 보였다. 커다란 방패 문양의 철문을 지나 현관으로 들어서서 초인종을 누르자 예전에 뵌 적 있는 고래 회장님의 사모님이 문을 열어 주었다. 맹꽁이는 신발을 벗고 차가운 흰색 대리석 바닥 위에 스타킹을 신은 발을 디뎠다. 몸이 순간적으로 위축됐다. 은은한 실내조명을 따라 걸어 들어가니 제일 먼저 아기천사와 여신이 물을 뿜어대고 있는 분수가 눈에 들어왔다. 거실에는 음식이 차려져 있었고 빈 와인잔이 빛을 반사하고 있었다. 카펫 위에 올라서자 푹신푹신한 느낌이 좋았다. 이때 안방에서 고래 회장이 편한 복장으로 나왔다.

고래 회장의 덕담과 함께 분위기는 회식 자리는 훈훈해졌고 9시가 조금 넘어 집으로 돌아가는 분위기가 되었다. 술기운이 오른 맹꽁이는 구석진 곳으로 자리를 옮겨 기린한테 울먹거리는 목소리로 전화를 했다.

"우리 사귀는 거 아니에요. 우리 헤어져요."

"어디야? 지금 갈게."

"나 고래 회장님댁에서 술 마셨어. 오늘은 데리러 와."

맹꽁이는 사람들과 함께 밖으로 나왔다. 그리고 다시 전화를 걸었다.

"어디야?"
"가양대교."
"빨리 와."

경리부 직원들이 하나둘씩 택시를 잡아타고 오 과장은 대리운전을 불렀다. 맹꽁이는 기린에게 다시 전화를 걸었다.

"어디야?"
"양화대교."
"빨리빨리."

기린이 청담동에 도착할 때까지 전화는 열 번 넘게 계속되었다. 기린은 주유소가 있는 사거리에서 꽁이를 만나기로 했다. 맹꽁이는 차에 올라타자마자 기린에게 키스했다. 방금 전까지의 알 수 없이 계속되었던 여자의 불안감은 풍경처럼 뒤로 사라져버렸다. 그렇게 한 쌍의 커플은 늘 가던 모텔에 들어가 프랑스 소설가의 표현처럼 서로를 신나게 파먹었다.

기린은 침대 위에 누워서 천장을 바라보고 있고 맹꽁이는 테이블 쪽 의자에 앉아 담배를 피우고 있었다. 맹꽁이는 재떨이에 담뱃불을 끄고 냉장고를 열어 물을 마셨다.

"이리 와 안아 줄게…."
"응."

기린은 맹꽁이의 뱃살을 어루만졌다.

"배를 만지니까 생각이 분산돼. 만지지 마!"
"난 좋은데."
"기린 씨 요리 말고 다른 거 해 본 적 없어?"
"글쎄 외국에서 살 때도 요리만 했어."
"공부는 지지리도 못했나 보다."

기린은 빙그레 웃었다.

"너한테는 좋은 냄새가 나. 너무 진하지 않은 향기를 담고…."
"기린 씨도."

기린은 말없이 고개를 끄덕였다. 맹꽁이는 기린의 손을 자신의 심장에 가져다 댔다.

"나 심장이 뛰어. 이렇게 같이 있어도 불안해. 기린 씨는 내 마음을 몰라."

기린은 한동안 아무 말도 없었다.

"가끔 내가 기린 씨하고 이렇게 사귀는 게 신기해 믿어지지 않아."

"이번 주말에는 뭐 할 거야?"

"일요일에는 우리 아버지 생신이야. 올래?"

"응."

"그럼 우리 토요일에는 단둘이 산에 가자."

"산에 가자고…? 그래, 그러자."

* * *

맹꽁이는 오산 사무소에 파견을 나와 일을 하고 있었다. 렙틸리아 테크가 인수합병되면서 기존의 경리부 직원들과 협업을 해야 할 일이 많아졌다. 얼마 전 서울 사무소의 종달새는 퇴사했고 곧바로 김바둑이라는 신입사원이 충원됐다. 그녀는 맹꽁이한테 없는 AICPA 자격증이 있어서 고래 회장이 좋아하는 눈치였다. 업무 인수인계는 나방이 해 주기로 하고 꽁이는 렙틸리아 테크 인수합병 관련 업무를 맡게 되었다. 와 보니 할 일이 한도 끝도 없었다. 시계를 보니 오후 5시가 넘었다. 이제 서울 사무소에 보고 메일을 쓰고 짐을 챙겨야했다. 한 회사를 인수한다는 것은 장난 아니게 힘든 일이었다. 왕 상무님께 이런저런 질문을 하며 일을 하고 있는데 맹꽁이에게 업무 외에 질문을 꺼내셨다.

"저기 맹 대리 사귀는 사람 있어요?"

"네?"

"아유, 우리 사무소에 괜찮은 직원 하나 있는데."

"아 예… 사귀는 사람은 없습니다."

"그래요? 저기 구렁이 대리라고 이번에 진급할 친구인데 사람 괜찮아요. 나중에 한 번 만나 보셔."

"아... 네…."

그때 원 대표가 들어왔다. 모두들 일어나서 인사를 했다. 그럼 기린 씨도 여기 왔겠지…. 맹꽁이는 기린에게 어디냐고 문자를 보냈다.

– 과천 사무소 왔어. –

– 저녁 어디서 먹어? –

– 근처 한우 가든. –

– 우리 있다가 잠깐 만나, 나도 과천 사무소야. –

– 보통 식사를 두 시간 정도 하니까 자리 옮기면 바로 연락할게. –

7시가 되자 원 대표와 임원들은 회사 근처의 식당으로 갔다. 수행비서인 기린은 식당 주차장으로 차를 옮겼다. 맹꽁이는 주위를 둘러보며 원 대표 차를 찾았다. 그리고 차에 타자마자 키스를 퍼부었다. 사랑에 굶주린 동물처럼….

7시 45분쯤 원 대표이사는 식당 밖으로 나왔다. 저기 멀리 자신의 차가 보였다. 창문에 김이 서려 있었다.

"뭐지? 또 안에서 컵라면이라도 먹고 있나? 신기린 이 사람이 말이야 안에 들어와서 같이 식사하자니까…."

원 대표는 기린에게 전화를 걸었다. 신호만 가고 전화는 받지 않았다. 잠시 후 차에서 웬 여자가 내리는 것이 보였다. 옷매무새를 고치며 구두 한쪽이 벗겨졌는지 깨금발을 뛰며 도망치는 여인의 뒷모습을 바라보았다.

"저기 저 사람…. 맹 대리 아닌가!"

원 대표는 어이없는 웃음이 새 나왔다. 큰 걸음으로 식당 안으로 들어가며 다시 전화를 걸었다. 곧 전화 연결 음이 끊어지고 기린의 목소리가 들렸다.

"아, 네 대표님."
"기린 씨 고래 회장님이 챙겨 준 서류 있잖아. 그것 좀 가지고 들어와 보게."

맹꽁이는 집으로 돌아왔다. 밤늦은 시간 엄마는 막내아들 밥을 챙겨 주고 있었고 꽁이는 먹었다고 말하며 방으로 들어갔다. 식탁에서 남동생이 반찬 투정을 하는 소리가 들려왔고 엄마는 동생이 먹고 싶다는 것을 다시 만들고 있었다. 문득 꽁이는 엄마처럼 살고 싶지 않다는 생각이 들었다. 맹꽁이는 옷을 갈아입고 다시 거실로 나와 엄마 옆으로 와서 말을 걸었다.

"엄마 이번 주 일요일 아빠 생신이잖아."

"그렇지 이번 주 토요일에는 바닷바람 쐬고 올 참이다."

"그래서 말인데 나 남자친구 데려오려고."

"저번에 그 남자 듬직하니 좋더구나. 정식으로 인사 오는 거니?"

"아니…. 그 남자 아니야."

다음 날 맹꽁이는 서울 사무소에서 일을 마친 다음 친구 호랭이를 만나러 갔다. 순대 곱창집에서 소주를 한잔 기울이는데 취기가 올라오니 기린 생각이 났다. 맹꽁이는 "나쁜 놈아!"라고 혼자 외쳤다. 그냥 아무 이유 없이 짜증이 났다. 맹꽁이는 기린한테 전화를 했다. 그리고 왜 오늘은 문자메시지 한 통 없냐고 소리를 질렀다. 욕설과 막말이 시작됐다. 전화를 끊자 호랭이가 말을 걸었다.

"너 그 남자 정말 좋아?"

"좋아 근데 아직은 아니야. 잘 모르겠어…. 진짜로 좋아해도 되는지 확신이 서지 않아. 이 남자 뭔가를 숨기고 있는 거 같아. 그냥 좀… 그래.”

“어떡하니, 걱정된다.”

“빨리 왔으면 좋겠다.”

원 대표는 저녁 식사를 하면서 술을 조금 마셨는데 동창의 전화를 받고는 그길로 어디론가 바삐 사라졌다. 덕분에 기린은 대표이사의 차를 몰고 곧바로 맹꽁이가 있는 곳으로 향할 수 있었다. 기린이 꽁이가 취해 있는 가게로 들어서자 놀란 사람은 오히려 호랭이였다. 훤칠한 키에 깔끔하게 정장을 차려입은 남자가 부드러운 미소를 띠며 걸어 들어왔다. 자연스럽게 꽁이를 챙기는 모습을 본 호랭이는 꽁이가 새삼 부러웠다. 세 사람이 기린이 몰고 온 차 앞으로 갔을 때 호랭이는 다시 한번 눈이 휘둥그레졌다. 고급 세단 운전석 앞에 적힌 전화번호를 확인했다. 꽁이의 남자 친구 번호가 맞았다. 이 남자 뭐지…. 뭐 하는 남잔지 몇 번이고 물어봤지만 그때마다 꽁이가 얼버무렸던 게 생각났다. 차에 타고 난 뒤로 맹꽁이는 아무 말도 없다가 친구 호랭이가 내리자마자 기린의 목에 다시 매달렸다. 기린은 피곤함이 몰려왔다. 자신의 여자 친구는 술에 취하면 전화해서 막말을 하고 자신이 눈앞에 나타나면 언제 그랬냐는 듯이 돌변했다.

“부탁이 있는데 헤어지자는 말 좀 그만하면 안 될까?”

“….”

"바람둥이라는 소리를 들을 때마다 나 너무 힘들어."
"미안해요…."

헤어지자는 말은 기린에게는 상처였다. 반대로 꽁이에게는 단둘의 사랑을 확인할 수 있는 단 한마디였다. 꽁이는 고개를 획 돌렸다.

기린은 어제 입은 옷을 그대로 입은 채 다시 출근 했다. 기나긴 한 주가 지나고 토요일이 되었다. 기린은 조깅복에 운동화를 신고 꽁이네 집 근처로 왔다. 둘은 불광동에서 북한산 족두리봉까지 올라갔다. 기린은 숨이 차고 힘이 들면서도 저리도 신나게 먼저 올라가는 꽁이를 보며 대단하다는 생각이 들었다. 산 중턱에 다다르자 기린은 다리를 쭉 펴고 앉아 휴대폰 카메라로 나란히 세운 네 개의 발을 찍었다. 그리고 서로의 모습을 사진에 담았다. 토요일 오전 서울의 모습을 한눈에 내려다보는 것이 기린은 처음이었다. 깊게 숨을 한번 몰아쉬고 뛰다시피 빠르게 내려왔다. 착지할 만한 바위며 땅이 보이면 뛰어내렸다.

다시 시내에 들어서자 옷이 땀에 젖었다는 걸 그제야 알아차렸다. 기린은 뭐 먹고 싶은 거 없냐고 물어봤지만 꽁이는 빨리 집에 가서 씻고 싶다고 했다.

"오늘 우리 집에 아무도 없어."

기린은 조금 쑥스러워하며 꽁이네 집에 들어섰다. 꽁이가 먼저 화장실에 들어갔다. 기린은 집 구경을 했다. 집은 아담했지만 깔끔하게 잘 정돈되어 있었다. 기린의 집 거실은 항상 전쟁터 같았는데 느낌이 좋았다. 거실 소파 뒤로 달마도가 걸려 있고 식탁 옆에는 반야심경이 걸려 있었다. 방은 총 세 개였으며 부모님 방은 문이 닫혀 있었고 다른 방 하나는 남동생 방이라는 것을 한눈에 알 수 있었다. 기린은 소파에 앉아 있다가 꽁이가 나오는 것을 보고 화장실로 들어갔다. 기린이 샤워를 마치고 나오자마자 꽁이가 잠옷을 입고 기린을 안았다. 그리고 자기 방으로 끌고 들어갔다. 창문을 열자 그녀의 몸은 석양빛을 반사했다. 잠시 후 꽁이는 침대에 누운 채 기린의 팔베개를 하고 한숨을 쉬었다. 건너편 집에서 탈수기가 돌아가는 소리가 들려왔다. 지금은 대낮인 것이다. 이것도 일상인가 하는 생각이 들었다. 기린이 정신을 차리고 보니 자신이 낯선 꽁이의 방에 와 있고 옷걸이에는 그동안 만나면서 봤던 낯익은 옷들이 걸려 있었다. 꽁이의 책상 위에 있는 학창시절 사진을 보니 지금과는 사뭇 달랐다. 화장도 하지 않은 순수한 모습도 매력 있어 보였다.

"내일 올 거지?"
"아버지 뭐 좋아하셔?"

"나도 잘 몰라."
"응, 내일 올게. 그런데 저 상자는 뭐야?"
"옛날 남자 친구한테 받은 편지들."
"그렇구나…."

기린은 내일 다시 방문할 것을 약속하며 밖으로 나왔다.

토요일 두꺼비는 눈을 뜨자마자 강연어 씨를 만날 생각에 가슴이 부풀었다. 아침 일찍 미용실도 다녀왔다. 새로 산 정장을 입고 구두를 닦아 신었다. 거울로 자신의 턱선을 확인해 봤다. 어느새 두 개였던 턱이 하나로 줄어있었다. 주차장에 내려와 자동차 문을 열었다. 그러나 이 상태로는 연어 씨를 태울 수 없을 것 같아 쓰레기를 대강 치우고 세차장으로 갔다.

남자라는 동물은 한두 가지 이유로 사랑에 빠지기도 한다. 아직 그녀에 대해 말할 수 있는 것이 없지만 다만 느낌이 좋을 뿐이었다.

두꺼비는 약속 장소에 20분 먼저 도착했다. 하지만 연어는 그보다 먼저 나와 있었다. 미안하다는 말이 저절로 나왔다. 그녀는 아니라고 답하며 웃었다. 두 사람은 영화를 본 후 패밀리 레스토랑으로 자리를 옮겼다. 나이라든지 집안, 직장

같은 시시한 질문은 하지 않고 그저 신앙에 관련된 이야기와 일상의 소소한 잡담들을 이어가는데도 서로에게서 눈을 뗄 틈이 없었다.

연어는 외국계 금융회사에서 대표실 비서로 일하고 있었다. 외모는 두꺼비와 비슷한 나잇대로 보이지만 실제로는 두꺼비보다 다섯 살 연상이었다. 그러니까… 서른아홉. 연어는 딸 부잣집에 장녀로 태어나 동생들을 전부 시집보내고 부모님을 모시고 살고 있었다. 아주 착실하고 모범적으로 살아온 인생이었다. 음식을 먹을 때에도 욕심을 내지 않으며 소리도 내지 않았다. 남을 시샘하지 않고 인자하며 자애로와 보이는 사람이었다. 연어는 두꺼비가 너무 어려 부담스럽다고 조심스럽게 털어놓았다. 두꺼비는 안절부절못하며 연어의 집 앞에 도착할 때까지 잡은 손을 놓지 않았다.

헤어지기 직전에 연어는 두꺼비의 손을 다시 잡았다.

"지금 잡고 있는 이 손을 놔버리면 시간의 흐름 속에 나는 떠내려 가버릴 거예요."

둘은 키스를 했다.

"내일 주일예배 하루만 빠질까요?"
"아니요. 동해바다에 작고 아름다운 교회가 있어요. 우리 거기에 가요."

시작하는 연인은 그길로 동해바다로 달렸다. 다음 날 아침 두 사람은 바닷가 모래 위에 하트를 그리고 있었다.

* * *

일요일 아침 기린은 정장을 입고 여자 친구 집 근처에 도착했다. 그리고 맹꽁이와 함께 쇼핑몰에 들어갔다. 아버님이 좋아할 만한 전통주를 산 다음 맹꽁이네 집으로 향했다. 맹꽁이네 부모님은 첫인상이 좋았다. 어머님은 인자하신 것 같고 아버님은 말수가 없었다. 아버님이 무슨 일을 하시는지는 모르지만 한 가지 확실한 것은 두 분이 매우 젊다는 것이었다. 피부가 검게 그을려서 농부나 어부 같은 느낌이었는데 평생 한 여자만을 바라보는 남자 같았다.

맹꽁이 친언니에게는 4살짜리 딸이 하나 있었는데 집안 잔치의 주인공은 역시 손녀의 재롱잔치였다. 꽁이의 남동생은 식사를 마치고 바로 어디론가 놀러 나가는 모양이었다. 신기린은 여자 친구 아버지의 질문에 성실히 답변을 했다. 아버지는 기린이 마음에 드는 눈치였다. 기린은 어머님이 꽁이에게 남자 친구 생일과 태어난 시간을 물어보라고 시키는 것을 들었다. 기린은 꽁이에게 아는 대로 불러 줬다. 잠시 후 맹꽁이가 밖으로 나가자고 해서 인사를 드리고 자리를 떴다.

맹꽁이는 갑자기 홍대에 놀러 가고 싶다며 신이 나서 폴짝폴짝 뛰었다. 기린은 긴장이 풀려 한숨이 나왔다. 홍대에 도착하자 맹꽁이는 좌판에 있는 커플티를 사자고 했다. 기린은 내키지 않았지만 그나마 깔끔한 디자인을 골라 계산했다. 두 사람은 와플 가게에 들어갔다.

"기린 씨는 꿈이 뭐야?"

"특별히 꿈이라고 할 만한 게 없는데…. 굳이 꿈이라고 한다면 현실 세계에서 내 두 손으로 좀 더 가치 있는 것을 만들어 보는 거? 좀 더 나은 방향으로 걸어가는 게 꿈이야."

"그런 건 잘 모르겠고…. 난 기린 씨가 지원팀에서 일을 열심히 배웠으면 좋겠어."

"…"

"내일 되면 다시 학원에 나가야 돼. 힘들어 죽겠어!"

맹꽁이가 칭얼거리며 기린의 가슴팍에 머리를 비볐다. 기린은 가끔 꽁이가 퇴행하는 것이 아닐까 하는 생각을 했다.

토요일 아침 기린은 맹꽁이네 집 방향으로 차를 몰며 자신이 세운 여자에 대한 두 가지 원칙을 다시 한번 곰곰이 생각해 봤다. 첫째, 어떠한 잘못을 저지르더라도 욕하거나 때리지 않는다는 것. 둘째, 상대가 아무리 어려도 자신에게는 반말을 해도 괜찮다는 것이었다. 여자한테는 이 두 가지 원

칙만 적용하고 나머지는 있는 그대로 수용하기로 마음먹고 있었다.

전주에 놀러 가기로 한 두 사람은 3시간 남짓 달려 전주에 도착했다. 그리고 전주비빔밥을 주메뉴로 하는 한정식집에 도착했다. 밥이 나오자 기린은 유심히 음식을 관찰했다. 윤기가 식탁에 넘치도록 흘렀다. 밥만 따로 음미했다. 사골 육수로 밥을 지은 듯했다. 반찬으로 나온 홍어 삼합을 보고 기린이 말했다

"나 이거 못 먹어."

"그래? 나는 정말 좋아하는데."

평소에 꽁이의 식성을 알고 있는 기린은 갈비구이도 뼈가 붙어 있는 부분만 모아서 꽁이에게 주었다. 맹꽁이는 남자가 자신의 몫을 양보해 줄 때 보호받는 느낌을 받았다. 식사를 마치고 근처 공원으로 자리를 옮겨 함께 걸었다. 밤공기가 시원하게 불어와 기분이 좋아지자 꽁이가 키스를 시도했지만 아까 먹었던 홍어 냄새가 기린을 어지럽게 했다. 숨이 막히고 죽을 것만 같았다.

"내가 캔맥주 사 올게!"

기린은 편의점으로 뛰어갔다.

술을 한 모금씩 하니 나사가 조금씩 풀어졌다. 기린은 운전을 해야 하니 자신의 맥주도 마셔 달라고 부탁했다. 두 사람은 손을 잡고 공원을 한 바퀴 돈 다음 숙소를 찾았다.

다음 날 아침 두 사람은 금산사에 들러 사진을 찍고 내려오는 길에 파전집에 들어갔다. 꽁이는 눈을 감고 뽀뽀할 준비를 하는 표정을 지었다. 기린은 그 모습을 사진으로 남겼다. 사진 속 그녀는 마치 아기 같은 표정을 하고 있었다. 파전이 나오기 전까지 둘은 머리를 맞대고 여행을 하며 찍은 사진들을 구경했다. 기린은 커플티를 입고 있는 사진을 보며 소리 내지 않고 웃었다.

시원하게 고속도로를 달릴 때 조수석 서랍 위로 꽁이가 다리를 올렸다. 양말을 신은 두 발은 기린의 손보다도 훨씬 작았다. 꽁이는 아기처럼 칭얼거리며 애교를 부렸다. 서울에 가까워질 때쯤 빨간 신호에 걸려 차가 멈춰 섰다. 취기가 오른 맹꽁이는 또다시 이전에 헤어진 남자친구의 망상이 떠오르며 지금 자신의 옆에서 운전하고 있는 기린에게도 혹시 숨겨둔 여자가 있지 않을까 하는 망상으로 옮겨갔다.

“기린 씨, 나 말고 다른 여자 만나면 안 돼? 절대 바람피우지 마!!

신호가 바뀌자 신기린은 다시 차를 몰며 성의 없는 답변을 했다.

"응..."

기린의 답이 성이 차지 않은 맹꽁이는 집요하게 되물었다.

"바람피우지 마... 바람피우지 말란 말이야!"
"응? 뭐라고?"
"나 말고 다른 여자 만나면 안 돼!"

맹꽁이는 갑자기 분노와 의심에 찬 눈빛으로 변하였다. 방금 전까지 다정다감했던 느낌은 온데간데없었다. 맹꽁이의 턱 근육에 힘이 들어가는 것이 보였다 이 여자 정신적으로 이상이 있는 게 아닐까? 도무지 알 수가 없었다. 각자 집으로 돌아간 늦은 시간, 군대 고참 요리사로부터 전화가 왔다.

"어이 신 일병 잘 지내?"
"형님 잘 지내세요? 연락도 못 드렸네요."
"너는 형이 먼저 전화하게 만드냐? 그건 그렇고 저번에 준 거 말고 다른 책 재미있는 거 있으면 하나 가져와."
"요리책 사진 많은 거 어때요?"
"그거 좋지! 아무튼 《월든》 그거 메시지가 아주 강력하더라. 사람들을 감동시키는 것은 그의 재능이 아니야 가치 있는 것에 대한 그의 태도인 것이지. 진정한 요리사는… 변함없이 한자리에서 자기 자신을 괜찮은 요리사라고 생각하는 사람이야. 그리고 나 여자 친구랑 헤어졌다."

"아니, 어쩌다가요?"

"내가 그만하자고 했어. 힘든 시간 같이 버텨 보자는 여자를 못 만났어. 아니 있어도 내가 같이 가자고 하기가 싫어. 탈출구가 안 보이니까 문 하나 열어 보기도 싫은 거지."

"저도 그래요, 주말에 놀러나 갈게요."

기린은 생각했다. '나를 인정한다는 건 나를 기다려주는 . 그런 사람….' 새로운 레시피를 만드는 요리 연구가를 상상했다. 신기린은 자신 스스로 어떤 사람인지 반문했다. 회사에서 맡은 역할의 모양대로 즉, 보이는 대로 하루 종일 있다 보면 내가 누군지 망각할 수도 있을 것 같다. 언제든 나로 돌아올 수 있는 만큼만 타인의 시선에 신경 쓰는 것. 적절한 균형 감각이 필요했다. 직장은 강남이지만 자신은 강남스타일이 아니다. 물론 그녀도 그렇다. 여직원 전부는 선천적 에고이스트, 당연한 것 아닌가? 그녀에게 사랑이란 먹고사는 방편 중 하나일 수도 있다. 오늘 밤에도 맹꽁이를 만난다. 그녀를 만나고부터 돈을 모으는 게 없지만 그래도 좋았다. 그리고 기린은 그녀의 이야기에 좀 더 귀를 기울여 보기로 다짐했다.

얼마 전 맹꽁이는 기린이 요리사로 일하는 꿈을 꾸었다고 말했다. 그러면서 또 울먹거렸다. 열심히 땀 흘리며 일하는 모습은 좋지만, 고생하며 사는 게 싫다고 했다. 맹꽁이에게 기린이 다시 요리사를 하는 건 받아들일 수 없는 일 같아 보였다. 그리고 남자 친구에게 뭔가 달라진 거 없냐고 물어봤다. 기린은 변함없이 좋아한다고 대답했다. 맹꽁이는 몹시 섭섭한 표정을 지으며 오늘 미용실을 다녀왔다고 말했다. 팔짱을 끼고 고개를 돌렸다. 그리고 장난스럽게 헤어지자는 말을 내뱉었다. 기린은 헤어지자는 말 좀 하지 말라고 했다. 그러다 정말로 그렇게 되는 것이라고. 하지만 꽁이의 막말은 계속되었고 바람피우지 말라고 소리를 질렀다. 기린은 왜 상대의 망상까지 자신이 책임을 져야 하는지 알 수 없었다. 신기린은 혼잣말을 했다.

"너가 나를 부정하지만 나는 너를 좋아했었다. 내가 하려는 일을 너가 좋아하지 않아도 괜찮다. 잘 모르는 사람에게 인정받고 싶은 마음은 없으니까."

기린은 상대방이 말도 안 되는 소리를 할 때에도 그것을 이해하려는 마음을 내 보려고 했다. 이때 조심할 것은 함부로 너를 이해한다는 말을 해서는 안 된다는 것이었다. 때에 따라서 상대를 격분시킬 수도 있기 때문이었다. 적절한 대응은 사람마다 전부 다르기 마련이다. 세상을 살다 보면 사람들은 자신의 진리에 사로잡히게 되기도 한다. 일단 진리를 받아들이고 나면 못 뜯어말리는 것이다. 원 대표가 완벽한 연기자에 가깝다면 꽁이는 연기력이 한참 모자란 신인 연기자나 마찬가지였다. 연기를 하는 게 무조건 나쁘다는 게 아니었다. 우선 연기자의 의도를 파악할 필요가 있다. 기린은 무대 밖에서는 연기하지 않는 입이 없는 가면을 쓴 배우인 셈이었다.

기린은 그녀와 함께 모텔에 갈 때면 바닥에 널브러진 그녀의 옷을 말없이 차곡차곡 개서 옷걸이에 걸었다. 여자는 응석을 받아 주니 유치원생처럼 웃는다. 생긴 것도 그렇다. 그녀의 이기적인 하룻밤도 오늘 하루는 쉬고 싶어졌다.

연애가 어디 녹록하기만 하던가?

맹꽁이는 잠을 설쳐 거의 뜬눈으로 날을 샌 다음 출근을 했고 술이 덜 깨서인지 속이 쓰려 왔다. 인스턴트커피를 타면서 간신히 정신을 차려 보려는데 생각해보니 지난주에 나방이 퇴사를 해서 자리에 없다는 생각을 확인했다. 나방은 이후 좋은 회사에 이직했다고 전해 들었다. 자리에 돌아오니 할 일도 많은데 신규 입사자가 기다렸다는 듯이 맹꽁이에게 질문 공세를 펼쳤다. 맹꽁이는 한 번 가르쳐 준 것을 다시 이야기할 때가 제일 짜증 났다. 김 바둑 이 친구는 학력은 좋은데 일 배우는 속도는 영 느린 것 같다. 그럼에도 해맑게 웃고 있어서 더 짜증이 났다. 뭐가 그렇게 좋은지... 문득 어젯밤 일이 다시 생각났다. 분위기가 좋아지려고 하려는데 왜 갑자기 집에 먼저 들어갔는지 알 수가 없었다. 퇴근 후 꽁이는 호랭이를 불러내서 술을 마셨다.

“내가 집착하는 거 같지?”
“너 걱정된다. 정말.”

맹꽁이는 기린을 매일 그리워했다. 내가 이러려고 이 남자를 만났나? 며칠 동안 연락 한 통이 없는 신기린이 원망스러웠다. 맹꽁이는 기린에게 받는 사랑을 매번 부족하고 불안해했다. 한 사람을 너무 좋아하게 되면 자신이 무슨 말을 하는지도 상대가 사소한 일에 상처받는 줄도 모르게 되는 것일까? 맹꽁이는 신기린에게 전화를 걸어 고심 끝에 건넨 한마디는 다음과 같았다.

“여보세요? 나야... 우리 헤어져! 헤어지잔 말이야!”

수화기 너머로 기린이 대답했다.

“응... 알았어….”

수화기는 외마디 대답만 남긴 채 끊어졌다. 맹꽁이의 목덜미가 떨려 오다가 눈물이 화산처럼 폭발했다.

“야! 헤어져 이게 다 너를 위해서 하는 말이야. 그런 남자

잊어버려!"

그 남자는 내가 뜯어고쳐야만 했다. 맹꽁이에게는 좀 더 사랑에 대한 확신이 필요했다. 기린은 언제나 불안할 정도의 사랑만 주었다. 자신의 전 남자 친구처럼 숨겨 놓은 애인이 있었던 건 아닐까? 그런 생각이 올라오니 화나 나서 견딜 수가 없었다.

다음 날 맹꽁이는 퇴근 시간을 앞두고 기린으로부터 집 앞 호프집에서 기다리겠다는 메시지가 왔다. 한걸음에 달려간 맹꽁이는 기린의 덤덤한 표정을 보자 눈에 힘이 들어갔다. 기린은 무조건 자신이 잘못했다고 말했지만 맹꽁이는 이번 기회에 이 남자를 확실하게 잡아야겠다고 어금니를 깨물었다. 맹꽁이도 나름 이 남자와 함께하는 미래를 그려 봤지만 기린이 절대로 다른 직장을 찾는 것은 반대였다. 많지 않은 월급이라도 안정적인 게 가장 좋기 때문이었다. 남자는 나에게 믿음을 줘야 했다. 반드시 그래야만 했다. 맹꽁이는 주먹을 쥐고 말했다.

"우리 헤어져! 사귀는 거 아니야!"

신기린은 대답도 없이 갑자기 자리에서 일어나더니 환하게 웃으며 맹꽁이에게 악수를 청했다. 그리고 밖으로 나가버렸다.

8.

외로운 동물들은 어디로 가는가?

지난 일주일간 기린과 맹꽁이는 서로 연락을 하지 않았다. 기린은 지난 석 달간 쌓였던 몸과 마음의 피로가 풀리고 조금씩 평정심을 찾아가고 있었다. 하지만 꽁이는 남자 친구와 특별히 크게 싸우지 않고 이렇게 오랫동안 연락을 하지 않았던 적은 처음이라 불안감이 커져만 갔다.

꽁이는 산악회 모임을 공지했다. 그리고 인수합병된 회사와 신규입사자들에게도 메일을 보냈다. 이번에는 CEO 원 대표님과 CFO 고래 회장님까지 참석하시겠다고 회신이 왔다. 역대 최대 규모로 모이는 것 같았다.

토요일 아침 애니멀 전자 사람들은 관악산에 올랐다. 단풍은 절정이었고 아침 일찍부터 산을 찾은 사람도 많았다. 부부가 어린아이의 양손을 잡고 그네를 태우며 웃는 모습이 행복해 보였다. 꽁이는 남동생을 위해 반찬의 간을 새로 하던 엄마의 모습이 떠올랐다. 부정하려고 해도 은연중에는 자신도 그런 평범한 가정을 꿈꾸고 있었는지 몰랐다.

등산을 마치고 난 후 회원들은 자주 가던 바비큐 집에 모였다. 꽁이는 사람들을 안내하다가 기린이 자리를 잡는 것을 보며 맞은편에 재빨리 가서 자리를 잡았다. '오늘 산악회 모임이 끝나면 예전처럼 기린과 함께 시간을 보낼 거야.' 그때 맹꽁이 옆에 앉아 있던 구렁이가 말했다.

"아, 안녕하세요. 산악회 회장님이시죠?"
"네, 안녕하세요."
"저는 렙틸리아 테크 구렁이라고 합니다."

구렁이가 기억해보니 예전의 왕 상무가 괜찮다고 말했던 여자였다. 실제로 보니 나름 작고 귀여웠다. 세 사람의 잔이 서로의 마음과는 다르게 묘하게 서로 부딪쳤다.

"우리 건배해요!"

원 대표는 기린 쪽을 응시하고 있었다. 코언저리를 한번 찡그리고 나서 고래 회장에게 귓속말을 했다. 고래 회장은 놀라는 표정을 짓고 나서 곁눈질로 기린과 맹꽁이를 번갈아 쳐다봤다. 그리고 입술을 굳게 다물고 고개를 끄덕였다. 원 대표는 자신의 주변을 서성거리고 있던 박쥐 부장을 불러 세웠다.

"박 부장 이리 와 봐. 건배사 한번 해!"
"네! 오늘 이렇게 원 대표님 고 회장님과 함께 아무 탈 없이 산악회를 마치게 되어 기쁩니다. 애니멀 전자의 무궁한 발전을 위하여 건배를 제의합니다. 애니멀 전자를 위하여 위하여 위! 하! 여!"

박 부장의 외침은 태권도 선수의 격파 시범 기합 소리와 같았다. 사람들을 박수를 치며 각자의 술잔을 비웠다. 회식이 끝나고 기린은 삼삼오오 모여 있는 사람들에게 먼저 들어가겠다고 말하고 돌아섰다. 맹꽁이는 먼저 가겠다는 기린의 뒷모습을 바라보며 알 수 없는 분노, 배신감, 허탈감 등이 동시에 몰려왔다. 지금 기린에게 전화를 하는 건 자존심이 허락지 않았다. 전철역으로 걸음을 옮기는 기린을 뒤따라가던 두꺼비가 불렀다.

"기린 씨 여기."
"아 두 대리님 같이 가요."
"오늘 시간 있으면 같이 온라인 게임이나 할까?"
"저는 좋아요."
"고등학교 동창 두 명이 연락 왔어. 같이 하자고."
"잘됐네요."

맹꽁이는 버스정류소에 털썩 주저앉아 속으로 기린을 욕했다. 나쁜 놈…. 그때 낯선 목소리가 들렸다. 회식 자리에서 자신과 여러 번 눈을 마주쳤던 남자였다.

"맹 대리님? 저도 이쪽으로 갑니다. 같이 가시죠."

"네…."

"저도 등산하는 거 참 좋아해요. 좋아하는 산은 설악산, 지리산 ○○봉 ××봉…."

맹꽁이는 지금 이 상황을 어떻게 대처해야 하는지 잘 몰랐다.

"시간 있으시면 맥주 한잔하러 가실래요?"

"네? 네에…."

"가시죠."

"잠시만요. 저 집에 가야 해요. 보는 눈도 많고요. 다음번에 뵈어요."

맹꽁이는 사람들이 없는 곳으로 걸어가 담배에 불을 붙였다.

월요일 아침 기린은 언제나처럼 같은 시간에 출근을 했다. 그리고 엊그제 함께 게임했던 두 대리의 친구 청개구리에게 문자메시지를 보냈다. 곧바로 답장이 왔다. 청개구리는 투자 전문가라고 했다. 그가 일하는 개미 투자증권 회사는 애니멀 전자에서 걸어서 10분 거리에 있었는데 원 대표 스케줄을 확인해 보니 점심시간에 잠깐 들를 수 있을 것 같았다. 개미 투자증권 회사는 이면도로에 있는 오래된 건물이었는데 건물 외벽에는 간판이 없었다. 엘리베이터에는 개미 투자증권 투자자문이라고 써 있었고 유리창 한구석에 이런 글귀가 쓰여 있었다.

비상

"나비 애벌레가 껍질을 깨고 세상 밖으로 나오려 하고 있다. 너무 힘들어하는 것 같아 핀셋으로 도와줬다. 나비는 결국 날지 못했다.

스스로 최선을 다해 본 적이 없으면 자기 자신의 최대근력을 모르고 살아가게 된다. 죽을힘을 다할 때 젖 먹던 힘까지 최선을 다할 때 우린 첫 번째 날갯짓에 성공한다."

잠시 후 기린은 청개구리에게 전화를 걸었다.

"안녕하세요. 신기린입니다."
"기다리고 있었어요. 지금 바로 나갈게요."

보안 유리문이 열리고 와이셔츠를 잘 다려 입은 30대 중반의 남자가 나왔다. 기린은 악수를 하고 따라 들어갔다. 복도를 기준으로 오른편은 FX팀 왼쪽은 선물옵션 팀이라고 쓰여 있었다.

회의실에서 명함을 건네받았다. 청개구리는 자신은 투자

자문회사 대표이며 고액자산가들에게 투자유치를 받아 선물옵션 시스템 트레이딩을 한다고 설명했다. 월스트리트에서 사용하던 프로그램을 가져다가 국내 실정에 맞게 약간 수정을 했고 최근 고수익을 거두고 있다고 말도 덧붙였다. 그리고 자신은 투자자들에게 성공보수를 받고 있으며 이것은 합법도 아니고 불법도 아니라고 했다. 기린이 성공보수에 대해 물으니 한 달에 한 번 선물옵션 만기일 다음 날 순이익을 3대 7로 나누는 게 관행이라고 설명했다. 기린은 무언가 다른 세계에 들어온 기분이 들었다. 그리고 다시 회사로 돌아가는 길에 곰곰이 생각을 했다.

'10년 20년 한 푼도 안 쓰고 월급을 모은다면 그 돈 가지고 뭐 하지? 뭘 할 수 있을까? 모르겠다.

기린은 집에 돌아와서 통장을 열어 봤다. 현재 자신은 연봉의 4년 치 정도를 가지고 있는데 이 정도로는 식당을 차리는 것은 물론이고 한 가정을 꾸리기에도 한참 모자랐다. 기린은 경제적으로 무능력한 아버지와 막말하는 어머니 밑에서 자랐다. 아버지의 사업이 부도를 맞은 이후부터 집에서 돈을 받아 쓴 적이 없고 가게를 차리건 가정을 꾸리건 간에 그것은 오직 스스로의 힘만으로 해내야 했다. 꿈에 도달하기 위해서는 돈이 차지하는 비중이 높은 편이다. 돈이 생기면 생각이 바뀐다. 자기 자본은 고려하지 않고 언제까지 꿈 타령만 할 수는 없는 노릇이었다. 기린은 청개구리에게 내일 다시 방문하겠다고 문자메시지를 보냈다.

두꺼비는 연어에게 정식으로 프러포즈를 하기로 마음을 먹었다. 두 사람은 여의도 유람선에 함께 승선을 했다. 출항을 알리는 소리와 함께 배가 천천히 움직였다. 유난히 높게 보였던 가을 하늘도 노을이 붉을 조명으로 갈아치우기 시작했다. 한강은 마치 금가루가 출렁거리며 자체 발광하는 것처럼 보였다. 갑판으로 나가자 바람이 거칠게 불어왔다. 잠시 강연어의 얼굴이 바람에 날린 머리카락에 가려질 때 두꺼비는 무릎을 꿇었다. 그리고 쇼핑백에 숨겨 두었던 꽃다발을 꺼냈다. 연어는 왼손으로 입을 가렸다. 구경하던 외국인들이 웅성거리기 시작했다. 두꺼비는 연어의 손가락에 반지를 끼워 주며 말했다.

"멋진 대사는 준비하지 못했어요. 그냥 내 옆에 있어 줄래요?

"네…."

바람이 더욱 세차게 불어와 두꺼비는 연어를 안아 주었다. 구경하던 외국인들은 박수갈채를 보내며 휘파람을 불었다. 선상에서 사진을 찍고 스카이라운지가 있는 레스토랑에 갔다. 그리고 두꺼비는 이제부터 더욱 성실하게 살 것을 연어에게 맹세했다. 밤늦은 시간, 두꺼비의 부모님은 아들을 기다리고 있었다.

“너는 이 에미한테 보여 줘야 할 거 아니야? 어디 사진 좀 보자. 전에 그 애보다는 훨씬 낫구나. 여보 여자 친구래요! 한번 봐요.”

“오, 참한데? 귀한 집 자제로 보이는구나.”

“그래! 전에 그 처자보다는 귀티가 난다.”

“신앙생활은 하니?”

“교회에서 만났어요.”

“근데 나이가 좀 있어 보이네? 몇 살이니?”

“동갑이에요….”

두꺼비는 방문을 닫고 방 안에 들어와 침대에 엎드렸다. 자신도 모르게 거짓말을 했다. 사랑하는 사람이 정식으로 인사드리기 전부터 책잡히게 하고 싶지 않았다. 또 한 가지, 막상 프러포즈를 하고 나니 부모님께 손을 벌리는 수밖에 없다는 결론에 이르렀다. 그저 부끄럽고 죄송스러운 마음이 들었다.

‘서른다섯 살 먹은 나는 빈 지갑. 이제 겨우 빚더미에서 탈출했을 뿐이다.’

신기린은 청개구리의 연락을 받고 근처 은행으로 갔다. 그리고 파생상품 연동계좌를 만든 다음 2년 치 연봉을 송금했다. 태어나서 처음 하는 투자였다. 청개구리가 설명했던 시스템 트레이딩은 8계약을 기본으로 하기에 기린의 연봉으로는 7년 치 정도가 필요했다. 신기린은 우선 2계약만 투자하기로 했다. 그것도 가장 공격적인 것으로만. 입금이 완료되자 개미 투자증권이라는 곳에서 연락이 왔다.

"안녕하십니까, 고객님. 개미 투자증권 장어 대리입니다."

"안녕하세요. 잘 부탁드립니다."

"지금부터 파생상품 투자설명을 드릴 예정이고요, 통화 내용은 녹음됩니다. 비밀번호 요청하면 그때 누르시면 됩니다."

"네."

투자한 지 3일 만에 월급보다 많은 돈이 날아갔다. 청개구리에게 연락을 했더니 원래 그런 것이고 자연스러운 것이라며 다음 달 선물옵션 만기일까지 지켜보자고 했다. 집에 돌아오는 길 기린은 뭐가 뭔지 잘 몰라 조금 불안했다. 인터넷을 뒤져 보고 동영상 강좌를 듣고 선물옵션 책도 한 권 사서 읽었다. 자신이 아주 위험한 투자를 했다는 것을 깨달았고 손해가 발생해도 청개구리는 손실에 대한 아무런 책임이 없으며 수익이 발생할 경우에는 그와 약속한 비율로 나눠 가져야 했다. 투자한 지 보름 만에 연락이 왔다. 6개월 치 월급이 손실이 났다. 그리고 계좌가 잠겼다. 증거금이 모자라서 더 이상 운용이 되지 않을 것이라고 전해 왔다. 청개구리는 기린에게 조금 더 투자하기를 권유했지만 기린은 그만하겠다고 딱 잘라 말했다. 회사 밖으로 터벅터벅 걸어 나왔다. 거리에서 부는 바람이 유난히 차가웠다. 내딛는 발걸음에 땅이 푹푹 꺼져 내려앉는 기분이 들었다. 저절로 긴 한숨이 나왔다. 기린은 남은 돈이라도 회수할 생각에 장어 대리한테 연락했다. 다음 주 목요일이 만기일이고 금요일에 출금이 가능하다고 설명해 주었다. 계좌가 동결되어 있음을 확인한 후 두 번째 주 금요일 아침 증권사에 전화를 했다. 약속한 날이 되어 개미 투자증권 대표번호로 전화를 했다. 담당자가 장어 대리라고 말하자 바로 연결되었다.

"신기린입니다. 만기일이 되어 전화 드렸습니다."

"아이고 손실이 나셨네요. 다음번에는 성공하시길 바랍니다."

"아무것도 모르고 투자했던 제가 바보였죠. 그런데…."

"네, 말씀하십시오."

"궁금한 게 있는데요. 장어 대리님은 어디에 투자하셨나요?"

"저는 저희 회사 조 이사님이 개발하신 프로그램에 투자했습니다."

"그 상품에 대한 투자설명 좀 들을 수 있을까요?"

"적당한 시간에 한 번 들르시지요."

기린은 청개구리의 번호를 삭제하며 다음번에는 좀 더 보수적인 상품에 투자하기로 마음을 먹었다.

"그래! 이번이 정말 마지막이다!"

신기린은 만약 실패한다면 모든 것을 자신이 책임지고 조용히 물러나겠다고 생각했다.

오늘은 두꺼비가 강연어의 부모님께 인사드리기로 한 날이었다. 연여의 집에 들어서자 돌하르방부터 눈에 들어왔는데 연어 씨 어머니가 제주도 분이라는 설명을 들었다. 강연어의 집은 복층 구조이고 방이 다섯 개였다. 연어의 방 창문을 열면 장인어른이 운영하신다는 약국이 내려다보였다. 연어는 약사인 아버지와 가정학과를 나온 어머니 밑에서 장녀로 자랐다. 여동생 두 명은 먼저 시집을 가고 집에 없었다. 방문 위에는 노란 종이에 빨간 글씨로 휘갈긴 부적들이 붙어 있었다. 두꺼비는 이런 환경에서 혼자 꿋꿋하게 신앙을 지켜온 그녀가 대단하다는 생각을 했다. 아버님은 아랍 느낌이 풍기는 얼굴이었다. 두꺼비는 여러모로 연어 씨가 가족들과 닮지 않았다고 생각했다. 연어와 어머님은 부엌에서 술안주를 만들었고 거실에서는 두꺼비와 장인의 독대가 이어졌다.

“어렸을 적에는 어디 살았나?”
“한남동에서 살았습니다.”
“나도 거기 살았네만, 혹시 개나리 중학교를 아는가?”
“네, 제가 거기 모교입니다.”
“아 그래? 여보 내가 중학교 후배를 만났네! 자네 학교에 내려오던 용의 전설을 아나?”
“물론이죠! 학교 터가 원래 연못이었는데 용이 꼬리가 잘린 채 하늘로 승천한 이야기 말씀이죠? 그 일 때문에 학교에서 행사 때 비가 오면 용 때문이라고 떠들어대곤 했죠.”

연어의 아버님은 사위 될 사람이 자신과 같은 이야기를 공유하고 있다는 점을 매우 흡족해하시는 듯했다. 그 이야기 외에도 비오는 날 네 번째 신발장을 칸을 사용하면 안 된다든지 하는 학교에서 내려오던 괴담 이야기도 주고받았다. 지금 생각하면 유치했지만 그때는 오싹할 정도로 무서웠다.

“부적은 어느 분이 붙이셨나요?”
“우리 안사람이 어디서 얻어다가 붙였어. 좋다고 하니 그냥 내버려 두고 있지 ‘제너렉’이 되건 ‘플라시보’가 되건 결과만 좋으면 그만이지 뭐 안 그런가?”

두꺼비가 대화를 나눠 보니 연어 씨 부모님은 종교가 없었다. 어머니는 에어로빅에 노래교실을 다니시고 아버님은 낚시를 즐기신다고 했다. 언제 한번 같이 낚시하러 가자는 말씀에 두꺼비는 얼떨결에 좋다고 답했다. 두꺼비는 집에 돌아와 잘 인사드리고 왔다고 말씀드렸고 집 장만에 대한 가족회의를 했다.

"두껍아 두껍아 헌 집 리모델링해서 살래? 아니면 새집 전세 살래?"

"지금 오랫동안 월세 꼬박꼬박 잘 내시는 분들 어떻게 금방 내쫓겠어요…. 아내 될 사람하고 저희 직장 근처로 전세 한번 알아보죠 뭐…."

"그럼…. 이 집을 담보로 대출을 알아봐야겠구나. 너는 수중에 얼마 정도 있니?"

"…."

두꺼비는 처음으로 모아둔 것이 없다고 가족에게 고백했다. 가만히 앉아 있던 두꺼비의 아버지가 입을 뗐다.

"자고로 총각은 빚만 없으면 성공한 것이야. 나도 니 엄마랑 시작할 때 불알 두 쪽밖에 없었다. 괜찮아..."

기린은 점심시간을 틈타 교대역에 있는 개미 투자증권 본사에 방문했다. 로비는 어두웠으며 모두들 모니터 앞에서 캔들 차트를 보며 일을 하고 있었다. 조사해 보니 개미 투자 증권회사의 신용등급은 낮은 편이었는데 증권사가 망해도 고객 예수금에는 피해가 없다는 설명을 들었다. 신기린은 대표실에서 상어 이사로부터 투자 설명을 들었다. 시스템 운영 초창기이며 성공보수는 15%를 요구했다. 그도 청개구리와 마찬가지로 이것은 합법도 불법도 아니라고 덧붙였다. 아마도 업계의 관행인가 보다 생각하며 대수롭지 않게 넘겼다. 추천 상품은 선물옵션 범위에 투자를 한다고 했다. 수익도 제한적이고 손실도 제한적이었다.

신기린은 여기에 올인을 했다. 그리고 행운은 여기서부터 시작되었다. 일주일 뒤 생애 첫 번째 수익이 났다. 이후 3개월 만에 잃어버린 돈을 거의 다 회수했다. 자신감을 얻은 기린은 동생에게 돈을 빌려 추가 투자를 했다. 바로 그달 기린과 같은 전략으로 투자한 투자자는 손실이 나고 기린은 반대포지션에 증액이 되면서 수익이 났다. 증거금 싸움에서 이긴 것이었다. 기린은 스스로 지금 자신에게 운이 붙었다는 것을 느꼈다. 동생에게 빌린 돈도 2달 만에 다 갚았다.

행운과 불행은 같이 온다더니 막상 돈이 생기니 안 좋은 점도 생겼다. 그렇게 재미있게 느껴지던 회사 일에 흥미를 잃어버린 것이다. 돈을 기준으로 생각하면 회사의 일이 아무 의미 없는 일이 되어버린 셈이었다. 돈이 생겨 삶이 자유로워졌냐고…? 그렇지도 않았다. 돈이 생겨 삶이 더 풍요로워졌냐고…? 전혀 그렇지 않았다. 기린은 전 재산을 투자 중이었기에 오히려 삶이 긴장과 걱정의 연속이었다. 단순히 돈이 생긴다는 것뿐. 자신의 역량은 아무 변함이 없었고 오히려 요리 연구가가 되고 싶다는 욕망만 커져 갔다. 기린은 다시 요리를 하고 싶다고 맹꽁이에게 말하는 자신을 상상해 봤다. 그러나 이제 막 수익이 나기 시작했을 뿐이었다. 모든 것은 스스로 감내해야 했다. 가난은 어느 정도 극복했다. 이제는 가난하게 살았던 기억을 극복할 차례가 됐다.

맹꽁이는 산악회를 다녀온 이후 계속 마음이 불편했다. 매일매일 날아오던 사랑의 메시지가 끊긴 지도 오래되었고 전화벨이 울리거나 문자가 올 때마다 혹시나 그가 아닐까 하는 마음에 기대했다가 실망하기를 반복하고 있는 자신을 발견하곤 했다. 그와 연결되어 있을 땐 몰랐지만 지금은 그의 빈자리가 너무나도 크게 느껴졌다. 어쩌다 안양 사무소에 원 대표가 오는 날이면 맹꽁이는 혹시나 기린과 마주칠까 봐 탕비실 구석에 쪼그리고 앉아 화장을 고쳤다. 맹꽁이는 화장실에서 걸어 나오다가 복도 모퉁이에서 기린을 갑자기 마주쳤을 땐 가슴이 덜컥 내려앉아버렸다. 회사에서만 한 달에 다섯 번도 넘게 마주쳤다. 이건 헤어져도 헤어진 게 아니었다. 자리로 다시 돌아와 일하고 있을 때면 뒤통수에서 뜨거운 시선이 느껴졌다. 헤어지고 난 후 첫째 달 그의 표정은 항상 심각했다. 기린은 언제나 컴퓨터 화면을 쳐다보거나 휴대폰을 만지작거리며 고민하고 있는 모습이었다. 함께 있을 때는 그런 표정을 본 적이 없었다.

헤어지고 두 달쯤 되었을 때 기린이 맹꽁이의 집에 들른 적이 있었다. 그땐 맹꽁이가 집을 비우고 부모님만 집에 계셨다. 한우 세트를 선물 받은 어머니는 우리 딸이 말을 함부로 해서 미안하다고 말했지만 기린은 모든 게 자기 잘못이라고 말하고 집으로 돌아갔다고 들었다. 그런데 정작 맹꽁이한테는 아직 연락이 없었다. 이후 시간이 흘러 세 달 네 달이 지나자 점차 기린의 표정이 밝아졌다. 그 모습이 맹꽁이의 마음을 불안하게 하는 걸 아는지 모르는지…. 맹꽁이는 마음이 타들어 가기 시작했다. '혹시나, 혹시나…. 다른 여자가 생긴 건 아닐까?' 가끔 엄마가 사이좋게 지내냐고 물어볼 때면 맹꽁이는 일부러 화제를 돌려 취업이 잘 안 되는 남동생 이야기를 했다. 꽁이는 기린이 야속하기만 했다.

얼마 전부터 산악회에서 만난 구렁이 대리로부터 지속적으로 연락이 오고 있었다. 평소 좋아하는 스타일은 아니지만 이 정도 정성이라면 한 번쯤 만나 확인해 봐야 하는 게 아닌가 싶기도 했다. 기린 씨하고의 관계가 설마 이대로 끝나는 건 아니겠지…. 맹꽁이는 잠이 오지 않아 뒤척이다가 이불을 뒤집어쓰고 소리를 쳤다.

"나 요즘 다른 남자한테 연락받고 있다고! 날 너무 오래 기다리게 하지 말란 말이야!"

9.

함께 있지만 외로운 동물들

다음 날, 강연어가 처음으로 두꺼비의 집을 방문하기로 약속한 날이었다. 두꺼비의 집에는 삼촌들 내외와 가족들까지 모두가 기대에 부풀어 총출동해 있었다. 연어를 데리러 가기 위해 주차장에 내려가 보니 사촌 동생들의 차들이 기세등등하게 줄이 세워져 있었다. 두꺼비는 한쪽 구석에 주차된 자신의 차에 올라타 핸들을 두어 번 다독였다. 잠시 후 집에 도착한 연어는 두꺼비의 부모님께 큰절을 한 후 어른들의 호구조사에 성실하게 답변을 했고 예비시어머니는 매의 눈으로 연어를 훑어봤다.

"일각이 여삼추다. 급하다 급해…. 당장 결혼해라. 온 김에 날짜를 잡자꾸나."

일전에 그렇게 신신당부를 했는데도 연어를 보자마자 어머니의 성화가 이어졌다. 두꺼비는 최대한 명절 전까지는 상견례를 마치겠다고 어머니를 달랬고 연어는 조카 루미와 금방 친해져 함께 방으로 들어갔다 두꺼비의 삼촌들은 귀한 처자가 집에 들어오게 되었다며 매우 흡족해했다.

"내가 이번에 차를 한 대 뽑아 주겠어!"
"나는 와이프 시켜서 머리부터 발끝까지 광을 내주마!"

"안 그러셔도 돼요…."

두꺼비는 삼촌들의 호방한 성품이 행여 연어가 부담스럽게 느껴질까 봐 매번 조심스러웠다.

"드디어 우리 집안에서 결혼을 시키는구먼."
"그동안 뿌린 거 처음으로 회수하겠어!"

삼촌들은 처음으로 조카를 결혼시킨다는 생각에 들뜬 분위기였고, 반면 두꺼비의 부모님은 걱정 반 기대 반으로 약간 복잡한 심경이었다. 두꺼비가 방에 들어가 보니 두더지가 자동차를 게임을 하다 곁눈질로 두꺼비를 보더니 말을 꺼냈다.

"형, 진짜 장가가는 거야?"
"응. 이제야 가네…."
"형이 아기 생기면 내가 많이 챙겨 줄게. 특히 노는 거는 내가 가르칠 생각이야."
"벌써부터 겁주지 마라."
"형 이사 가?"
"결혼한 직후에는 잠시 동안 부모님하고 함께 살다가 직장 근처에 전셋집 하나 얻어서 나가려고…."

두꺼비는 이제 본인에게 당면한 숙제가 많음을 피부로 느꼈다. 또한 무언가 자신도 모르는 사이에 일이 일사천리로 진행되는 것만 같았다.

월말이 되자 신기린은 세금계산서 부킹바우쳐 작성에 정신이 없었다. 사슴 과장이 그만둔 이후 그가 하던 일을 세 사람이 나누어서 처리하게 되었다. 맹꽁이도 서울 사무소에 와서 일했는데 헤어진 두 남녀는 가끔 사무실 내에서 불편한 시선을 마주치곤 했다.

'뭘 그리 놀란 눈을 하고 있어? 귀신이라도 봤나?'

'이 남자를 마주칠 때마다 심장이 덜컥 내려앉고 긴장을 하게 된다. 어떻게 내 맘을 이렇게 몰라 줄 수가 있어?'

기린은 다시 맹꽁이를 만나고 싶은 마음이 점점 사라져 갔다. 지금은 아니지만 준비가 되면 다시 요리사로 돌아갈 생각이었다. 지금의 기린은 맹꽁이가 원한다면 가방이든 자동차든 꽁이가 원하는 모든 것들을 사 줄 수 있었다. 물론 돈이 있다고 해서 그녀가 원하는 것을 다 채워 줄 수는 없는 노릇이겠지만 선물을 한다는 이유가 다시 잘해 보자는 의미라기보다는 그동안 잠시나마 자신의 옆에 있어 줘서 감사하다는 성의 표시 정도라고 할까. 막상 헤어지고 나니 싸구려 반지와 여행의 추억 말고는 남은 게 아무것도 없다는 생각을 했다. 기린은 자신의 삶의 조건이 아직은 미숙하다고 자각했다. 생각해 보면 만나는 동안 맹꽁이에게 사랑한다는 말을 한 적이 없었다. 기린은 여자 때문에 오래 고민하는 성격이 아니었다. 기린의 원칙은 단 하나, 상대가 어떠한 잘못을 해도 욕을 하거나 폭력을 행사하지 않는다. 그것뿐이었다. 아직 애정이 남아 있긴 하지만 조금씩 멀어져 가는 것이 최선일 듯했다.

* * *

"꽁이 씨 이번 주말 나방 결혼식에 갈 거야?"

"가야죠…."

"아마도 회사에선 우리 둘만 갈 것 같아."

"아 예."

그때, 구렁이 대리에게 또 연락이 왔다. 이걸 어떻게 해야 하나? 맹꽁이는 한숨이 절로 나왔다.

토요일 아침 맹꽁이는 평일과 같은 시간에 눈을 뜨고 방에서 나왔다. 안방 문틈으로 엄마가 절을 하는 모습이 보였다. 맹꽁이의 엄마는 일 년에 3~4번 정도 절에 가셨는데 특히 1년 넘게 취직이 안 되고 있는 막내아들을 위한 기도에 공을 들였다. 조그마한 스피커에서는 불경 읊는 소리가 잔잔하게 들렸다. '사리자 시제법공상 불생불멸 불구부정 부증불감…' 목탁 치는 소리가 아침의 고요함 속에 울려 퍼졌다.

오늘은 나방의 결혼식이니까 신경을 쓰고 나가야 한다. 기린이 다시 만나자고 한 날도 오늘이고 구렁이 대리와의 첫 데이트 날도 오늘이었다. 맹꽁이는 두 사람 모두의 만남을 거절했다. 기린으로부터는 아무런 답장이 없었고 대신 구대리의 구애가 계속되었다. 그래서 오늘은 구렁이를 만나 볼까 생각 중이었다. 구렁이로부터 또 연락이 왔다. 결혼식장에서는 얼굴을 알아보는 사람이 있을 수도 있으니 적당한 곳에서 따로 만나기로 했다.

결혼식장에는 아는 사람이 한 명도 없었다. 맹꽁이는 신부 대기실에 들어가 덕담을 건네며 같이 사진을 찍으며 나방과 짧은 대화를 나누었다. 나방은 전업주부를 계획하고 있었다. 이직을 하자마자 좋은 남자를 만나 잘들 결혼하는데 어느덧 자신만 외로운 처지가 되었다. 맹꽁이는 예식장 맨 뒤에서 예식을 지켜보는 오 과장을 만났다. 이후 두 사람은 식사를 마치고 자리에서 일어났다.

예식장을 나온 맹꽁이가 구 대리에게 문자를 보냈더니 곧바로 전화가 왔다. 이번에는 정말 안 만나려고 했는데 저쪽에서 계속 연락을 하니까 한번 만나주는 것이라는 생각을 하며 맹꽁이는 명동으로 발걸음을 옮겼다. 약속장소에는 많은 외국인 관광객과 한국인 커플들이 한데 어우러져 하나의 물결을 이루고 있었다. 원래 두 남자 다 만날 생각이 없었지만 막상 밖에 나와 보니 기분이 좋아졌다.

잠시 후 앞머리를 시원하게 넘긴 구 대리가 멀리서 맹꽁이를 발견하고 손을 흔들었다. 소매를 적당히 걷어 올린 남색 셔츠와 손목의 메탈시계가 잘 어울렸다. 반갑게 맞이하는 모습에 꽁이도 살짝 들떴다. 그는 양손으로 가방을 들고 있는 맹꽁이를 한동안 바라보다가 자연스럽게 손목을 잡아당겼다. 기린에게서 좋은 스킨냄새가 났다고 한다면 구렁이에게서는 비누 냄새가 났다. 그게 오히려 매력적으로 느껴졌다. 구렁이는 맹꽁이의 의견과는 상관없이 다짜고짜 스테이크 집으로 그녀를 이끌었다. 레스토랑은 오래된 곳 치고는 넓고 아늑했다. 오후 네 시, 밥을 먹기에도 술을 마시기에도 약간 어중간한 시간. 결혼식장에서도 스테이크를 먹었는데 다시 EH 스테이크를 먹으려니 부담스러웠다. 하지민 이 남자도 나름 괜찮은 남자 같다. 자기 자랑이 너무 많은 게 흠이랄까…? 구렁이는 묵묵하게 있으면 확실히 매력적이었지만 단 1초도 지루한 것을 못 견디는 천성인지 쉴 새 없이 조잘거렸다.

명동을 한 바퀴 돌고 구렁이는 꽁이에게 장소를 옮겨 맥주를 마시자고 했지만 맹꽁이는 이만 집에 들어가야 한다고 말하고 헤어졌다. 오늘 진도를 확 나가버릴까 생각하다가도 그냥 편하게 어깨를 기대기에는 뭔가 불편한 데가 있다. 차라리 지금에 와서는 기린한테 무슨 일이라도 생겨 자신한테 매달렸으면 좋겠다고 생각했다.

일요일 아침 꽝이는 등산복으로 갈아입고 집을 나섰다. 집에서 걸으면 30분 거리에 북한산이 있었다. 외로울 때면 혼자 족두리봉에 올라가 보곤 했다. 우선 편의점에 들러 캔맥주 2개를 산 후 등산로 입구에서 선크림을 바르고 출발했다. 오늘따라 등산하는 커플이 유난히 많아 보였다. 깎아지른 기암절벽이 단풍이 절정이어서 그런지 수채화 같았다. 기린하고 같이 올라왔을 때는 귀에 꽃도 꽂아 주고 그랬는데…. 맹꽁이가 윙크라도 할라치면 기린은 눈을 휘며 뛰어올라오곤 했는데... '도대체 어디서 뭐 하는 거야….' 오랫동안 연락이 없다 보니 그때, 호텔에서 반지 사 준다고 할 때 받아둘 걸 그랬나 하고 별의별 잡생각이 맹꽁이를 괴롭혔다.

미래에 대한 막연한 두려움은 여자를 동물적 감각으로 이끌었다. 어느 순간 기린이 더 미워졌다. 돌아오는 길 집 근처 기린과 자주 가던 모텔이 눈에 들어왔다.

"아… 밉다 미워…."

맹꽁이는 한숨을 내쉬며 골목에서 담배를 꺼내 물었다.

* * *

두꺼비의 결혼식이 임박했다. 상견례에서 결혼 날짜가 잡히고 나서부터는 활시위를 떠난 화살처럼 시간이 흘러갔다. 인사드릴 곳은 많은데 시간 맞추기가 여간 쉽지 않아 요 근래엔 평일보다 주말이 더 바쁜 나날이었다. 그때 두꺼비의 고등학교 동창 청개구리로부터 전화가 왔다.

"결혼식 청첩장 받았어. 교회에서 하는구나…?"

"정신이 하나도 없다. 피곤해 죽겠다…."

"와이프 사진 봤다. 넌 능력자야! 대단해…… 저… 궁금한 게 있는데 기린 씨는 잘 지내?"

"응, 잘 지내는 것처럼 보여. 나도 자주는 못 봐. 왜?"

"그래…. 아무것도 아니야."

평상시답지 않게 청개구리의 목소리가 떨렸다.

"내가 꼭 가야지… 챙겨 주지 못해서 미안하다. 토끼는 냉장고 한 대 사 준다고 들었는데 나는 요즘 힘들어."

"아이 뭘! 그냥 와서 얼굴이나 비춰라. 밥이나 먹고 가 우리끼리 뭐 어떠냐?"

"그전에라도 얼굴 한번 보자. 살다 보면 좋은 날도 오겠지."

수화기 너머로 들리는 청개구리의 깊은 한숨소리를 들은 두꺼비는 그제야 이상한 느낌이 들어 하던 일을 멈추고 전화기를 고쳐 들었다.

"그런데 넌 별일 없지?"

"어, 잘 지내지…. 아무튼 결혼식에는 꼭 갈게. 꺼비야 처음으로 부탁 한번 해 보는데 혹시 돈 좀 빌려줄 수 있냐? 큰 거로 한 장 아니 중간 걸로 다섯 장만이라도…."

"…야… 내가 돈이 어디 있다고… 대출로 결혼하고 전셋집 얻어 사는 놈이 빚잔치지 뭐."

"그렇지…. 내가 괜한 말을 했다. 아무튼 결혼 축하한다."

청개구리와의 통화를 마치자마자 또 다른 문자메시지가 왔다. 사진 촬영을 해야 하니 준비를 하고 스튜디오로 넘어오라는 연어의 문자였다. 두꺼비는 서둘러 슈트케이스를 챙겨 들고 나왔다.

넥타이는 목을 죄어 오고 플래시 빛에 땀이 송글 송글 맺혔다. 이렇게 많은 비용을 들이는 게 과연 합리적인가라는 생각마저 들었다.

추석을 앞두고 두꺼비 가족이 다시 모였다. 결혼식 날은 벌써 다음 달로 성큼 다가와 있었고 두꺼비네 식구들은 연어를 벌써부터 한 가족으로 받아들이는 분위기였다. 이제 연어도 두 씨 집안사람이라며 호탕하게 웃었다. 큰삼촌은 두꺼비에게 차를 한 대 선물하기로 했으며 작은삼촌은 혼수를 장만해 주셨다. 머리부터 발끝까지 코트, 원피스, 선글라스, 혁대, 가방, 구두까지 작은숙모가 전부 해결을 해줬다. 연어는 삼촌들에게 충성을 맹세했고 기회가 되면 맛있는 음식을 정성스레 대접하겠다고 말했다. 두꺼비는 지금의 순간을 방해하고 싶지 않았다. 그러다 문득 청개구리의 생각에 마음이 불편해지곤 했다.

"꺼비 씨… 이렇게 비싼 물건들 선물 받아서 좋긴 하지만 대출받아 집을 사는데 차라리 거기에 보태고 싶어 나는 당신만 있으면 돼요."

연어의 그 말 한마디가 두꺼비의 가슴에 불을 질렀다.

* * *

추석날 꽁이는 구렁이 대리를 집으로 초대했다. 정장을 말끔히 차려입은 36살 총각은 선물세트를 들고 맹꽁이 집 초인종을 눌렀다.

"어머니 안녕하세요! 처음 뵙겠습니다. 장인 어르신!"

구렁이는 깍듯하게 인사를 했다. 부모님은 소파 옆 바닥에 방석을 깔고 자리를 잡았다. 구렁이는 큰절을 하고 무릎을 꿇고 앉았다.

"허허 그래…. 같은 회사 다닌다고."

"네 그렇습니다."

"먼 길 오느라 수고가 많았어요."

잠시 동안 호구조사가 진행되었다. 구렁이가 아버지와 독대를 하는 동안 엄마는 꽁이를 불러 방으로 들어갔다.

"같은 회사 내에서 이렇게 이 남자 저 남자 데리고 와도 괜찮겠냐?"

"엄마는 신경 쓰지 말아요."

"구렁이라고 했지… 좀 있다 생일하고 태어난 시간 좀 물어보렴."

"왜? 또 궁합 보게? 그거 잘 맞지도 않는 거 같더라. 이따가 물어볼게."

식탁에 어색한 공기가 감돌았다. 구렁이는 꽁이의 형부보다도 나이가 많아서 서로가 어려운 눈치였다.

"자식 입에 먹을 거 들어가는 것하고 논에 물들어가는 거 보는 게 제일 기분 좋은 법이여!"

연거푸 술을 들이켠 아빠의 얼굴에 취기가 서렸다. 밥을 다 먹고 나자 언니는 꼬마 아가씨에게 장기자랑을 시켰다.

“유치원에서 배운 노래해봐!”

아이는 앙증맞은 손을 펴고 박수를 치며 노래를 시작했다.

원숭이 엉덩이는 빨개
빨가면 사과.
사과는 맛있어....

명절 연휴가 끝나고 맹꽁이는 무거워진 몸을 이끌고 출근을 했다. 입김이 눈에 보이기 시작하는 거로 보아 아침 공기가 제법 차가워진 것 같았다. 맹꽁이는 아무리 생각해 봐도 구렁이와의 결혼은 상상이 되지 않았다. 이제 솔직하게 자신의 마음을 고백할 때가 되었다고 마음을 굳혔다. 구렁이를 본 어머니의 표정이 심각했던 것도 마음에 걸렸다. 어머니가 알아본 사주팔자도 둘의 궁합도 나쁘게 나왔다며 엄마는 걱정이 이만저만이 아니었다. 꽁이는 엘리베이터에 올라 빠르게 휴대폰 화면을 두드렸다. 마음이 변하기 전에 해치우고 싶었다.

– 구 대리님, 저 사실 서울에서 일하는 기린 씨와 사귀었고 헤어진 지는 5달 정도 되었어요. –

맹꽁이는 전에 만나던 사람을 잊을 시간을 좀 더 달라고 했다. 전송 버튼을 누르고 고개를 든 꽁이는 엘리베이터를 기다리던 눈앞의 기린의 시선이 부딪혔다.

'이 남자하고 아직 끝나지 않은 느낌이다. 이렇게 마주칠 때마다 가슴이 내려앉는다. 생각날 때마다 이렇게 미어지는데 너는 내 맘을 너무 몰라준다.'

구내식당으로 내려가는 길에 오 과장이 맹꽁이에게 청첩장을 줬다.

"행낭으로 날아왔어. 안양에 두 대리가 결혼한다네... 갈 거야?"

맹꽁이는 두꺼비의 결혼 소식을 이전부터 듣고 있었다. 나만 바라봐 주길 바랐던 건 욕심이었나…. 최근에 갑자기 외모가 변한 것도 여자 때문이었겠지. 갑자기 주위의 공기가 무겁게 변한 것 같았다. 밥을 먹는 둥 마는 둥 한 다음 자리로 돌아온 맹꽁이는 간신히 용기를 내서 헤어진 남자 친구에게 메일을 보냈다. 다시 한번 만나자고.

신기린과 맹꽁이의 거리는 불과 50미터도 되지 않았지만 둘의 사이에는 어느새 두터운 벽이 놓여 있었다. 10분도 지나지 않아 기린한테서 회신이 왔다. 두 줄의 짧은 문장을 읽어 내리는 맹꽁이의 눈에 눈물이 맺혔다. 누군가 경리부의 문을 쾅 하고 닫았는데 그 순간 눈물이 터졌고 맹꽁이는 화장실로 달려가고 말았다. 이럴 줄 알았으면 처음부터 만나지 말 걸 그랬다. 평생 함께할 사랑은 없었던 거야.

'그 사이에 여자가 생긴 게 분명해.'

* * *

언제부턴가 신기린은 헤어진 맹꽁이를 생각하는 시간이 줄어들었다. 그녀가 놀란 눈을 하고 자신을 바라보는 시선도 이젠 무덤덤했다.

- 잠깐 만날 수 있어? -

헤어지기 일주일 전, 그날도 기린과 꽁이는 한 이불을 덮고 개그프로그램 재방송을 봤다. 마지막 코너가 끝나고 언제나처럼 '스티비 원더'의 노래가 연주되었다.

"나 저 노래 좋아해."

"뭔데?"

"스티비 원더의 〈파트타임 러버〉. 가사 내용이 비극적이야. 남녀가 일부러 낮에는 서로 모른 척하고 밤에만 연인이 된다는 이야기야. 그래서 파트타임 러버."

기린은 언제까지 이런 식으로 남들 눈을 피해 만나기 싫었다. 기린의 설명이 끝나기 전에 맹꽁이는 입술로 기린의 입을 틀어막았다. 순간 기린에게 이 만남이 무의미해져 버렸다. 시간이 지날수록 기린은 자신이 꽁이가 원하는 남자와는 거리가 멀다는 사실을 깨달았다. 기린은 맹꽁이가 그토록 싫어하는 요리를 다시 할 작정이었다. 그리고 그녀는 기린의 꿈을 수용하지 않을 것이다. 이제 단호한 결단을 내릴 시기가 된 것이었다.

— 나는 더 이상 네가 하는 말을 부정하지 않겠어. 네가 수차례 말했듯이… 그래, 너와 나는 사귀는 게 아니다. —

기린은 마음의 칼을 뽑아 연인의 선을 끊어버렸다. 잠시 동안 아프겠지만 좀 있으면 잠잠해지겠지. TV 드라마에선 왜 그리 재벌집 자녀 이야기만 하는지 새삼 이해가 되었다.

이유 있는 헤어짐은 아니었다. 모든 만남은 한동안 유지되다가 흩어지기 마련이라고 생각했다.

맹꽁이는 집에 들어와서도 이불을 뒤집어쓰고 계속 울었

다. 엄마의 밥 먹으란 소리는 오늘따라 더욱 짜증스럽게만 들렸다. 아무 생각 없이 켠 TV에서는 '국민 여배우' 자살 소식을 알리고 있었다. 악의적인 댓글에 크게 충격을 받아 우울증약을 복용 중이었다는 보도가 이어졌다.

'난 회사에서 가십거리는 절대로 되지 않을 테야.'

같은 시간, 신기린네 집 식구들도 TV 뉴스를 보고 있다.

"학창시절 책받침 속의 그녀가 우리 곁을 떠났다."

기린은 멍하니 앉아 앵커의 목소리를 한 귀로 흘렸다. 사람들은 너무 많이 생각하고 아주 조금만 느낀다. 원래 나는 이랬어야 하는데…. 이 정도는 되어야 하는데 그런 '상'을 스스로 만들거나 주위에 기대치에 부응하지 못하는 자신을 발견하고서 스스로를 책망한다. 나를 가장 고통스럽게 하는 것이 다름 아닌 나 자신인 셈이었다. 자살하는 사람이 증가한다는 이야기는 그 사회에 죽을 것 같은 상태로 사는 사람은 더 많다는 방증이기도 할 거라는 생각이 들었다.

'아직 자살하지 못한 무수한 사람들….'

트라우마를 극복하는 방법이 있다면 고통을 정면으로 인

정하는 것. 고통을 있는 그대로 수용하고 마주 보는 것. 우리가 우리의 삶을 긍정하려면 필연적으로 수반되는 고통을 잘 소화해야 하는 것... 배려심 깊었던 훌륭한 여배우…. 정말 아까운 사람 하나를 잃었다고 기린은 생각했다.

* * *

결혼식 전날부터 당일 날 아침까지 두꺼비의 전화기에는 불이 났다. 전화 통화를 하고 있는 와중에도 전화가 들어오고 문자가 날아왔다. 부모님과 함께 결혼식장으로 가는 길에 어머니가 한 말씀 하셨다.

"너희 아빠 회사 있을 때 밑에서 일하던 것들은 한 명도 안 온단다. 퇴사한 임원들만 달랑 세 명 오기로 했다. 괘씸한 것들 같으니라고."

"여보 말 그렇게 하지 마요."

"그러기에 너희 아빠 퇴직 전에 장가가라고 내가 몇 번이고…."

엄마는 쯧쯧 혀를 차며 아쉬운 소리를 했다. 예식을 앞두고 나와 아버지는 손님맞이를 시작했다. 웬 검은 양복을 입은 덩치 큰 남자들이 하나둘씩 몰려 들어오기 시작하더니 금방 긴 줄을 만들었다. 몇 명이 왔는지 그 끝이 보이질 않았다. 부조를 마친 어깨들은 두리번거리더니 큰삼촌이나 작은삼촌 앞으로 가서 악수를 했다. 그리고 대부분 예식도 보지 않고 돌아갔다. 그들이 내민 봉투는 하나같이 묵직했고 한 사람이 여러 개의 봉투를 전달하기도 했다. 두꺼비는 회사 사람들과 인사하기 바빴고 아버지와 어머니는 친척들을 챙겼다. 결혼식은 예배형식으로 진행되었으며 사회는 교회 부목사님이, 축가도 교회 지인이 해 줬다.

폐백이 끝나고 일가친척들과 함께 지하 주차장으로 갔다. 부조가 너무 많이 들어와서 트렁크에 다 싣지 못할 지경에까지 이르렀다. 돈 봉투를 담은 자루가 자동차 뒷좌석까지 차지해서 새신랑과 신부는 택시를 타고 집으로 가야 할 지경이었다.

"이것이 월급봉투지 무슨 축의금이냐! 돈벼락을 맞았구나!"

"살다 보니 별일이 다 있구려. 하나님께 감사 기도를 올립시다."

어머니가 두툼한 돈다발들을 형광등에 비춰 보며 말했다. 이 정도면 집 담보 대출을 갚고도 남는다고 했다. 연어 씨 앞으로 들어온 축의금 전액은 사돈댁으로 돌려보내기로 했다. 두꺼비가 어렵게 말을 꺼냈다.

"엄마…."

"왜?"

"엄마 있잖아, 할 말이 있는데…."

"빨리 말해, 지금 바쁜 거 안 보이니?"

"와이프가 사실은 나보다 연상이야."

"뭐라고? 몇 살인데?"

"5살 많아…."

어머니가 흠칫 놀라 두꺼비를 쳐다보며 입맛 벙긋거렸다. 묵묵히 계시던 아버지께서 한 말씀하셨다.

"우린 너희만 잘 살면 아무렇지 않다. 잘했다."

* * *

엄마에게 신기린은 자존심이었다. 그래서 잘날 필요가 있는 아들이었다. 하지만 엄마의 가치관에서 보자면 남의 기쁨을 위해 시간과 돈, 열정을 요리에 쏟아붓는 기린은 부족한 아들일 수도 있었다. 엄마는 아들이 요리하는 것을 무척이나 못마땅하게 생각했다.

그런 어머니가 지난주 병원에 입원했다. 건강검진에서 식도암이 발견되어 수술을 했고 조금 전 마취에서 깨었다. 간병을 맡은 것은 휴가를 제출한 장남 기린이었다. 엄마는 코에 호스를 꼽고 있었다. 마취가 풀리자 아랫배가 참을 수 없이 아파 무통 주사 버튼만 계속해서 눌렀다.

"엄마 나 여기 있어."

기린의 엄마는 아들을 발견하곤 입꼬리가 아래로 내려갔다. 이윽고 턱이 떨리면서 눈물이 그렁그렁해졌다. 잠시 후면 눈물 잔이 엎질러질 것이다. 그때 신기린이 왁! 하고 소리를 질렀다. 놀란 엄마가 기린의 등짝을 내리쳤다.

"이노무 시키! 이노무 시키! 엄마가 아프다는데 소리를 질러!"

기린은 얻어맞으면서도 기분이 좋아졌다. 이 정도 타격감이면 문제없이 퇴원할 수 있을 것 같았다. 그때 방귀 소리가 들렸다. 엄마와 기린은 키득거리며 한참 민망하게 웃었다. 인생은 보는 관점에 따라 희극이 되기도 비극이 되기도 했다. 11시가 넘은 시간, 병동은 9시부터 불을 꺼버렸지만 기린은 잠이 오지 않아 병원 밖으로 나왔다. 먹구름이 몰려오는 것으로 보아 곧 비가 오려는 것 같았다. 그때 맹꽁이로부터 맞춤법이 엉망인 문자메시지가 왔다. 기린은 지금은 갈 수 없다고 회신했다. 변명하고 싶지 않았다. 차라리 욕을 먹어버리는 게 낫지 핑계를 대는 건 기린의 스타일이 아니었다. 메시지를 보내고 병실로 돌아와 다시 잠을 청하는데 그제서야 비가 퍼붓기 시작했다.

애니멀 전자 경리부의 회식 날, 컴퓨터를 끄고 가방을 챙기던 맹꽁이는 지원팀 기린의 책상 앞으로 갔다. 아무도 없는 사무실의 깔끔하게 정돈된 기린의 책상을 바라보니 이제는 그의 책상마저 낯설어 보였다. 경리부 회식 장소에 들어서자 주문한 음식이 나오기도 전에 사람들은 벌써 술을 마셔대고 있었다. 표 차장님은 벌써 술이 들어가신 듯 예의 본인의 18번 노래를 시작했다.

나는 개똥벌레 어쩔 수 없네
손을 잡고 싶지만 모두 떠나가네

옆자리에 있던 오 과장이 맹꽁이를 불렀다.

"너 왜 우니?"
"아무것도 아니에요."

꽁이는 회식 자리를 피해 밖으로 나와 기린에게 문자를 보냈다. 지금 보고 싶다고…. 발을 동동 구르며 회신을 기다렸다. 곧 신기린으로 부터 일하는 중이라고 짧게 회신이 왔다. 맹꽁이는 호랭이에게 전화를 걸었다.

"분명해! 이건 그때랑… 기린도 바람둥이 제비 씨랑 똑 같아."
"야 헤어져. 다 너를 위해서 하는 말이야."

맹꽁이는 박쥐 부장에게 먼저 들어가 봐야겠다고 말한 다음 자리에서 나왔다. 비가 쏟아지고 있었다. 꽁이는 눈앞에 보이는 택시를 잡아탔다.

"어디 가세요?"

맹꽁이는 아무 말도 못한 채 고개를 숙이고 있었다.

"……불광동이요…."

이때, 맹꽁이는 구렁이로부터 온 문자메시지를 읽었다. 그리고 통화 버튼을 눌렀다.

"저예요…."
"지금 어디야!"
"택시요."
"당장 이리 와!"
"…아저씨 죄송한데요. 인덕원으로 가 주세요."

얼마나 달렸을까, 구렁이의 집 앞에 도착하자 우산을 들고 서 있는 남자가 보였다. 맹꽁이는 차에서 내리자마자 구렁이에게 달려가 안겼다.

10.

동물들은
번식에 성공합니다

월요일 아침 출근길 도로는 꼼짝달싹 못할 정도로 막혔다. 두꺼비는 하품을 하며 아주 오래된 일처럼 느껴지는 지난주의 일들을 떠올렸다. 그냥 하와이에서 돌아오지 말 걸 그랬나.

호텔 창문 너머로 태평양이 내려다보여 가슴이 설렜다. 잠시 밖에 다녀오면 방은 깨끗하게 정돈되어 있었고 테이블 위에 놓인 꽃병은 매일 꽃이 바뀌어 있었다. 두꺼비는 연어와 함께 밥을 먹고 커피를 마셨다. 그리고 손을 잡고 해변을 걸었다. 아침에 눈을 떴을 때 사랑하는 사람이 옆에 있다는 것만으로 행복했다. 4박 6일이 그저 하루 같았다.

다시 일상으로 돌아와 보니 밀린 일들이 많았다. 대출금이며 예물 값이며 지인들에게 감사연락을 해야 했고 회사의 업무는 까마득했다. 결혼식에 와 준 친구들에게 고맙다고 인사를 돌리다 불현듯 결혼식에 오지 않았던 청개구리가 생각났다. 두꺼비는 청개구리 집에 전화를 걸었다. 청개구리의 어머니가 받자마자 자신도 아들과 연락이 두절된 지 꽤 되었다며 걱정이 많다고 말씀하셨다. 여기저기 수소문을 해보았지만 청개구리의 소식을 아는 친구는 없었다. 마지막으로 만났던 친구는 개구리가 강원랜드에 함께 가지 않겠냐고 물어본 적이 있다고 했다. 청개구리가 돈 빌리려고 했던 친구들은 많았고 실제로 적지 않은 돈을 꿔 준 친구도 두 명 있었다.

동창 중에서 제일 영리하고 성적도 좋은 친구였는데….두꺼비는 점점 걱정스러워져갔다.

기린은 연말 보고서를 작성을 하는 데 어려움이 많았다. 비용을 절감한 부분도 있지만 부서의 모든 성과는 재 부장에게 모두 다 돌아가게 되는 구조였다. 또한 사무업무를 하다가 임원들 회식 장소에 가서 밤늦게까지 기다려야 하는 일도 빈번해졌다. 퇴근 시간이 가까워 올 무렵 인사과 수달 대리가 기린을 불렀다. 이번 달 말이면 계약 기간이 만료된다고 전했다. 기린은 지난 일 년간 Primates 휴먼리소스라는 업체 소속 파견직으로 일하고 있었다. 기린은 재 부장한테 이야기를 전달했고 재 부장은 잠시 생각을 하더니 원 대표에게 보고하러 들어갔다. 결정은 빠르게 이루어졌다. 잠시 후 인사과 수 대리는 계약서를 한 장 들고 왔다. 애니멀 전자 자체계약직 서류였다. 회사는 항상 갑이었고 신기린은 항상 을이였다. 이번에도 계약 기간은 1년. 점심시간은 1시간 반으로 잡고 오버타임은 없었다. 이렇게 된다면 급여는 약간 줄어들 것이지만 기린은 애니멀 전자의 정식 직원으로 대우받게 된다. 입사한 지 일 년 만에 인사과로부터 명함을 만들어 주겠다는 연락을 받았다. 하는 일은 똑같지만 이제는 이 회사 소속이 되었다. 기린은 원 대표를 태우고 회식 장소로 떠났고 야근을 하는 맹 대리는 아무도 없는 지원팀을 서성거렸다. 그리고 기린의 자리를 한번 둘러보았다.

다시 해가 바뀌었다. 사무소별로 정산 보고서를 제출하였고 경리부 맹꽁이도 안양사무소로 복귀하게 됐다. 일상은 작년과 별반 다를 바 없이 거의 비슷한 모양새였다. 꽁이는 컴퓨터 화면 속 깜박이는 커서를 바라보고만 있었다.

'내가 지금 뭐하려고 했더라… 까먹었다. 요즘 정신이 없는 것 같아. 정신을 차려야지, 지금 해야 할 일에나 집중하자.'

맹꽁이는 서른한 살이 되었지만 올해는 연애를 하지 않을 생각이었다. 퇴근을 앞두고 오 과장이 저녁 식사하러 가자고 했다. 재 부장도 함께할 예정이라 했다. 원형 식탁에 등받이 없는 동그란 의자가 네 개 있었다. 꽁이는 얼마 전 새로 산 가방을 옆에 있던 의자 위에 올려두었다. 재 부장이 그 모습을 훑더니 물었다.

"요즘 어떻게 지내냐?"
"맨날 똑같죠 뭐."
"남자 친구는?"
"지금 사귀는 사람 없어요."

"기린하고 사귄다는 거 회사에 소문 다 났던데 사실이냐?"

"헤어진 지 좀 됐어요…. 근데 그건 어떻게 아셨어요?"

"소문이야 빠르지, 한 가지 확실한 건 기린은 아니다. 너가 아까워."

술자리가 무르익을 무렵 꽁이는 갑지기 어지럼증이 났다. 화장실을 가려다 의자 위에 가방을 떨어트려서 안에 있던 물건 일부가 바닥에 흩어졌다. 생리대가 보이기에 얼른 안으로 집어넣었다. 그길로 가방을 챙겨 나와 약국으로 뛰어갔다. 약국 문을 열고 들어서서 말을 하려는데 심장이 마구 뛰었다.

"저기요… 테스트기 하나만 주세요."

문밖으로 나오자 스산한 바람이 불어왔다. 맹꽁이는 하늘을 바라보며 한숨을 내쉬었다. 그리고 자신이 천천히 내뱉은 입김을 하염없이 바라보았다.

맹꽁이는 한층 무거워진 발걸음으로 출근을 했다. 사내게시판을 확인해 보니 여러 명의 진급자 있었고 낯익은 이름부터 보였다.

안양 총무부 두꺼비 과장 발령

과천 신뢰성 구렁이 과장 발령

안양으로 출근한 꽁이는 종일 타부서 직원들이 두 과장에게 축하 인사를 하는 소리를 들으며 일을 했다. 그때 구렁이로부터 문자메시지가 왔다. 자신이 진급을 했으니 뭐 갖고 싶은 게 있으면 말하라고 했다. 맹꽁이는 뭐라 당장 할 말이 없었다. 그녀는 자신은 그 누구에게도 충분히 이해받은 적이 없었다고 생각했다. 오늘 아침 꽁이는 자신이 임신임을 확인했다. 어젯밤 맹꽁이는 비장한 각오를 하고 마지막 담배를 한 대 피웠다. 그저 기뻐할 수만은 없는 노릇이어서 한숨이 절로 나오며 머릿속이 복잡해지기 시작했다.

'남편, 서방님, 애기 아빠… 이젠 뭐라고 해야 하나?'

맹꽁이는 비상계단에 앉아 구렁이에게 전화를 걸었다. 구렁이는 전화를 받자마자 자신의 이야기부터 늘어놨다. 진급을 할 줄 몰랐는데 아주 놀랐다느니…. 꽁이는 조심스럽게 임신 사실을 말했다.

"정말이야? 맹꽁아, 나만 믿어! 결혼하자! 어쩐지 어젯밤 꿈에 용이 승천하는 꿈을 꾼 것 같은데… 그나저나 꽁이는 태몽이 뭐였어? 나는……."

그리고 쉴 새 없이 이야기를 이어갔다. 맹꽁이는 옆으로 고개를 떨구며 잠시 안도했다. 이 남자 정말 믿어도 될까?

지난주 맹꽁이는 엄마에게 임신 사실을 털어놓았다. 두 모녀는 밤마다 많은 이야기를 했고 아버지께는 천천히 말씀드리기로 했다. 그리고 구정 명절에 남편 될 사람을 정식으로 초대하기로 했다. 구렁이는 단정한 모습으로 한우 세트를 사 들고 왔다. 가족들은 이전까지 꽁이가 데려왔던 남자친구를 대하던 모습과는 사뭇 달랐다. 한동안 정적이 흐르며 사과 깎는 소리만 났다. 엄마는 어렵게 질문을 꺼냈다.

"배가 더 부르기 전에 식을 하는 게 좋을 것 같은데…."

꽁이는 당혹스러움이 얼굴이 드러나지 않을까 자신의 표정에 집중했고 아버지는 헛기침을 하시더니 별말씀이 없으셨다. 언니의 딸은 아무 이유 없이 울기 시작했고 아이를 들쳐 업고 밖으로 나갔다. 구렁이가 인사를 하고 꽁이와 함께 집 밖으로 나가자 아버지는 엄마에게 말을 걸었다.

"이렇게 같은 회사에서 이 남자 저 남자 만나도 괜찮은지 몰러…."
"이제 잘 살면 되겠죠. 저희 둘만 잘 살면…."

지난주 맹꽁이는 구렁이의 부모가 계시는 마산 본가에 다녀왔다. 배 속에 아이가 있다는 건 모두가 알고 있는 분위기였다. 결혼식 날짜를 확정 지었고, 양가 부모님의 상견례며 사진 촬영 일정까지 모든 것이 일사천리로 정해졌다. 박쥐 부장한테는 미리 결혼을 앞두고 있다고 말씀드리고 점심시간에 경리부 사람들에게 결혼날짜를 잡고 있다고 말했다. 오후에는 지원팀 재 부장님과 인사과 수 대리로부터 축하 메일이 왔다. 회사에 소문은 무섭도록 빨리 퍼졌다. 어제는 구렁이가 맹꽁이 집에 찾아와서 청첩장 인쇄물이 가득 들어있는 가방을 놓고 갔다. 맹꽁이는 아침까지도 서울 임원들과 안양의 동료들에게 청첩장을 어떻게 전해야 하나 망설여졌지만 마음을 가다듬고 용기를 내 보았다. 맹꽁이는 자신이 한 선택이 옳다고 여러 번 반복해서 다짐을 했다.

인감 날인을 받기 위해 고래 회장님께 결재서류를 제출하러 가는 김에 청첩장을 드렸다.

"청첩장 벌써 나왔나? 그래 축하하네…."

맹꽁이는 부끄럽게 웃으며 회장실을 나왔다. 이번에는 원 대표이사님한테 청첩장을 드려야 하는데 유난히 긴장이 되었다. 맹꽁이는 기린이 일하고 있는 지원팀을 지나 대표이사실에 노크를 하자 원 대표가 온화한 표정으로 맞이해 주었다.

"아, 맹 대리 앉게나."

맹꽁이는 청첩장을 전달하고 대표이사실을 나왔다. 맹꽁이가 문을 닫고 나가자마자 원 대표는 환하게 웃던 표정을 애써 무표정으로 바꾸었다.

신기린과 맹꽁이가 헤어진지도 수개월이 넘었다. 입사 이후 기린한테 말을 걸어오는 여직원이 여러 명 있었으나 전부 다 무시해 버렸다. 회사 내에서 이성을 만나는 건 단 한 명으로 충분하다고 기린은 생각했다. 막상 돈이 생기니 사는 것에 자신감이 붙고 눈빛과 말투에도 전에 없던 힘이 생긴 듯했다. 세금계산서를 작성하고 있을 때 처음 보는 전화번호로 연락이 왔다.

"여보세요?"
"안녕하세요."
"저 혹시 기억하시나요?"
"누구 시죠?"
"맹꽁이 친구 호랭이에요. 작년에 뵌 적 있어요."

기린은 순간 당황했다. 처음에는 헤어진 여자친구가 친구를 통해 할 말을 전달하는 줄 알았다.

“아예 기억합니다.”

기린은 자리에서 일어나 복도를 지나 계단통로 중간으로 갔다.

“지금 바쁘신가 봐요.”

“아닙니다. 말씀하세요.”

“저기 시간 좀 있으세요?”

“네? 무슨 일로.... 제가 맹꽁이랑 헤어진 건 알고 있으시죠?”

“그래서 전화 드렸어요.”

이건 또 무슨 소린가? 기린은 미간을 찌푸렸다.

“하실 말씀이...”

“한번 따로 만나고 싶어서요.”

“그냥 지금 말씀하세요.”

“너무 딱딱하게 말씀하시지 마세요.”

“더 이상 하실 말씀 없으시면 끊겠습니다.”

“그 쪽에게 관심 있어서 용기 내서 한번 전화했어요.”

“저는 관심 없습니다.”

기린은 전화를 끊은 다음 ‘수신거부 목록’에 전화번호를 추가했다. 자리에 돌아와 보니 맹꽁이와 구렁이의 청첩장이 책상 위에 놓여있었다. 기린은 펼쳐보지도 않은 채 그대로 휴지통에 버렸다.

일주일 후 서울 사무소에서는 임원 회의가 열렸다. 각 사업소별로 목표달성에 관한 브리핑이 있었고 렙틸리아 테크는 애니멀 테크로 법인명을 변경한 후 2년 정도 경과를 지켜보기로 했다. 매출이 안정적으로 발생하면 애니멀 전자로 상호를 변경할 예정이었다. 지금은 매출이 정상궤도가 아니니 애니멀 테크 직원들의 급여도 서울 사무소 직원들과는 차별지급 될 수밖에 없는 노릇이었다. 그래서 관리부서 임원들은 고용계약서와 교육을 앞두고 논의할 부분이 많았다.

애니멀 전자 임원 회식 자리. 우호적 인수합병되는 회사 렙틸리아와의 계약을 성공적으로 체결한 것을 기념하는 술자리가 마련되었다. 렙틸리아의 왕 악어 상무는 부하 직원인 구렁이 과장과 서울 사무소의 맹꽁이 대리의 결혼이 임박했음을 알렸다. 임원들은 저마다 축하할 일이라며 결혼식에 참석하겠다고 말했다. 그때, 왕악어 상무의 전화기가 진동을 했다. 왕 상무가 전화를 받느라 잠시 자리를 비운 사이, 안양 사무소의 도마뱀 이사가 조심스럽게 말을 꺼냈다.

" 얼마 전까지 맹 대리하고 두꺼비 과장이 사귀는 줄 알았는데 두꺼비 과장은 다른 사람에게 장가를 갔습니다."

고래 회장은 이미 알고 있었다는 듯 고개를 끄덕였다. 이어 군포 사무소의 하마 전무가 말을 이었다.

"저기 저... 말씀드리기 뭐합니다만 작년에 저희 맹꽁이 대리하고 제비 과장이 사귀는 줄로만 알았습니다. 그런데 저..."

원대표가 말을 잘랐다.

"알고 있네... 제 과장 고향 사람하고 결혼 한것. 다들 각설하고 이제 다음 주면 결혼할 사람 축하해 주어야지.. 과거가 뭐 그리 중요한가? 앞으로 잘 살면 되지..."

이때, 통화를 마친 악어 상무가 자리로 돌아오고 있었다. 이를 눈치챈 원 대표는 다른 사람들에게 신호를 보냈고 사람들은 재빨리 표정을 고치며 자연스레 옆 사람과 이야기를 시작했다.

* * *

기린이 자리에 앉기 무섭게 재 부장이 할 말이 있다며 밖으로 불러냈다.

"너 맹 대리 결혼하는 거 알지?"

"예?"

신기린은 순간 놀랐지만 곧바로 냉정해졌다.

"잘됐네요."
"그래? …그래."

재 부장은 더 이상 할 말이 없다는 듯 담배에 불을 붙였다. 신기린은 가만히 있다가 차가 있는 곳으로 갔다. 시동을 걸자 the killers의 〈Mr. brightside〉가 흘러나왔다.

"나한테 하던 말과 행동 그 남자한테도 하겠지"

누군지 몰라도…. 뭐 어찌 되건 이제 그녀는 나랑 아무 상관도 없었다. 점심시간이라 사무실에는 사람이 없었다. 경리부를 보니 맹꽁이는 휴가 중이라는 팻말이 걸려 있었다. 기린은 전 여자 친구의 책상 위를 구경했다. 등산에 관한 잡지와 이범선의 《오발탄》이라는 소설책이 한 권이 눈에 띄었으며 달력에는 사진 촬영이며 결혼식에 관한 일정이 빼곡하게 적혀 있었다.

이렇게 급작스럽게 결혼을 하다니 신기린은 맹꽁이가 정신없이 내달리는 것처럼 보였다.

* * *

한편, 두꺼비 와이프는 지난주에 병원에 다녀왔고 두꺼비는 일부러 아내와 다른 날 병원에 들렀다. 의사 선생님은 나이가 지긋하신 어르신이었는데 자신을 바라보는 눈빛은 날카로웠다. 두꺼비는 첫마디부터 20년 흡연을 했다고 자백했고 지금은 그 양을 줄여가고 있다고 실토했다. 이미 예상했다는 듯한 표정을 짓던 주치의는 별말 없이 보고 옆방에 가서 설명을 들으라고 했다.

젊은 의사 선생님으로부터 시험관 아기 설명을 듣던 두꺼비의 손에는 어느새 플라스틱 컵이 들려 있었다. 그리고 다시 옆방의 노트북에 동영상이 준비되어 있으니 컵에 올챙이를 담아오라고 했다. 두꺼비는 죄스러운 마음이 들었지만 어느새 동영상을 스킵하며 보고 있는 자신을 발견했다. 이것은 건강검진이지 않은가. 컵에 바코드 스티커를 부착하고 병원을 나왔다. 절로 한숨이 나오는 건강검진… 왠지 자신이 없었다. 두꺼비는 자동차에 시동을 걸고 엄마에게 전화를 걸었다. 두꺼비보다 연상인 그녀의 몸은 매우 건강했다. 본인도 검사를 잘 받았고 별문제 없을 거라 말했지만 아이가 생기지 않는다면 그건 자신의 책임일 것만 같았다. 두꺼비는 여러 개의 문자메시지를 확인하다가 맹꽁이가 보낸 모바일 청첩장을 발견했다.

이 친구도 결혼하는구나…. 기린이랑 잘 사귀는 줄 알았는데 의외네… 뭐 잘 살겠지.

두꺼비는 직장동료 편에 봉투만 전하고 결혼식엔 참석하지 않을 생각이었다. 두꺼비는 무의식적으로 부모님 댁으로 향하다가 정신을 차리고 다시 유턴을 해서 새로 장만한 전셋집으로 갔다. 한동안은 부모님을 모시고 함께 살 작정이었으나 집안에서 항상 메리야스에 사각팬티 차림으로 평생을 보내셨던 아버님은 같이 사는 게 여간 불편한 게 아니라는 말씀에 분가를 결정하게 되었다. 하지만 생각보다 집은 수월하게 구해졌고 두 삼촌 덕분에 초기 신혼 자금은 부족함이 없었다. 연어는 남은 돈으로 적금을 들었다고 두꺼비에게 말했다. 새신랑은 와이프가 차려 준 된장찌개를 맛있게 먹었다. 일상이 행복 그 자체였다.

* * *

맹꽁이는 앨범 속에 자신이 너무도 환하게 웃고만 있어 마음에 안 들었다.

결혼… 안정적인 결혼…. 배 속의 아이

아무것도 모르겠다. 말로는 설명할 수 없는 이 기분. 헤매다 보니 낯선 곳이었는지 낯선 곳에서 헤매고 있었던 건지 모르겠다. 헤어진 남자친구의 부드럽고 하얀 피부, 좋은 향기와 기억들 맹꽁이 마음의 세포들이 분열을 하기 시작했다. 맹꽁이는 붉게 물든 눈 사이의 미간을 찌푸리고 혼잣말을 했다.

'난 소중해!'

결혼식 전날인 금요일 퇴근 시간 원 대표는 기린에게 맹 대리 결혼식에 고 회장과 함께 참석할 거라 말한 다음 자신의 비서인 신기린의 변화를 살폈다. 기린은 평상시와 같이 덤덤하게 알겠다는 의사를 표했다. 아무런 동요가 없었다. 원 대표의 입장에서는 모두 다 회사에서 필요한 사람들이니 앞으로도 문제없이 잘 지내길 바랄 뿐이었다.

신기린은 꽁이가 자신에게 했던 말과 행동을 다시 생각했다. 난폭하고 잔인한 말들…. 그녀는 항상 과거의 남자들과 있었던 일을 자신에게 투사했다. 기린은 여자 친구라는 울타리로부터 자유롭고 싶었다. 그녀는 안정을 추구하기에 기린의 가치관과는 잘 맞지 않았다. 누구 한쪽이 틀렸다거나 고쳐야 한다고 생각하진 않았다. 다만 생각이 달랐다… 달라도 너무 많이 달랐을 뿐이다.

결혼식이 다가올수록 맹꽁이는 눈물로 날을 지새웠고 결

혼식 당일 새벽 6시에 신부 화장을 위해 미용실에 갔을 때 거울에 비친 맹꽁이의 얼굴은 퉁퉁 부어 있었다. 너무나 짧게 끝나버린 사랑. 그리고 안정적인 결혼. 꽁이는 그토록 집착했던 미래의 실체가 두려웠다. 오전 10시 결혼식장에 도착하고 신부대기실에 앉으니 피곤이 몰려왔다. 그때 나방이 찾아왔다. 나방은 결혼 후 회사를 그만두고 집에 있는데 맹꽁이가 출산휴가를 내는 다음 달부터 당분간 일을 대신해 주기로 했다. 정말 고마운 일이었지만 감사의 인사말도 차마 건네지 못하고 말았다. 그동안 맹꽁이는 나방을 너무 차가운 사람으로만 생각했는데 그건 자신의 착각이었던 것 같았다.

잠시 후 신랑 입장이 끝나고 신부 입장을 알리는 음악과 함께 맹꽁이가 결혼식장에 들어섰다. 회사 사람들의 시선이 자신에게 집중되는 그 순간이었다. 맹꽁이는 새 신부다운 미소를 지어 보이려 노력했다.

다음 날 아침 인천공항으로 가는 버스 안에서 꽁이는 다른 신혼 커플들을 구경했다. 서로를 어루만지고 챙겨 주고 장난치는 모습을 보니 자신은 구렁이에게 애교를 부려 본 적이 거의 없었던 것 같았다. 이제 우린 부부이니까 뭐든지 자연스러워야 한다고 맹꽁이는 생각했다. 이제 뭐라고 불러야 하지? 곰곰이 생각하고 다시 생각했다. 맹꽁이 부부는 풀빌라가 있는 허니문 상품을 선택했고 배 속의 아기 때문에 레포츠는 전부 생략해버렸다. 기내식을 제외한 첫 번째 식사는 랍스터 요리였다. 남편은 감탄사를 연발하며 자기 앞에 놓인 음식을 먹기에 바빴다. 꽁이에게 먹을 것을 골라서 배려해 주던 예전 그 남자와는 사뭇 달랐다. 전혀 생각지도 못했던 부분에 섭섭함을 느꼈지만 앞으로 익숙해질 것이라 믿었다. 비교하지 말자 이 남자와 평생 살아야 하니까. 밥 먹고 나니 담배 생각이 간절했다.

시간은 천천히 흘러갔다. 숫자와 씨름하던 일상을 뒤로하고 느긋하게 누워 하늘을 바라보니 기분이 나아졌다. 신혼여행 마지막 날 두 사람은 가족들에게 줄 선물을 사 들고 귀국 비행기에 몸을 실었다. 배가 눈에 띄게 불러와 전에 준비해 두었던 임부복을 입고 출근을 했다. 여행지는 더웠지만 출근길은 추웠다. 모두들 이전 모습과 똑같았는데도 꽁이는 미묘한 이질감을 느꼈다. 지원팀 창고에 보관되어 있는 서류철을 가져오려고 문을 여는 순간 반대편에서도 문고리를 누군가 맞잡은 것이 느껴졌다. 맹꽁이는 손잡이를 놓고 문이 열리기를 기다렸다. 상대방이 문을 열고 꽁이를 내려다보았다. 기린이었다. 순간 그가 매섭게 꽁이의 배 언저리를 훑었다. 그리고 기린은 아무 일 없다는 듯이 반대편 복도로 걸어 나갔다. 맹꽁이는 어금니를 깨물었다. 헤어진 전 남자 친구에게 변해버린 자신의 모습을 보여 주게 되리라는 건 예상했지만 일상은 그 이상으로 힘들었다.

11.

연어는 체외 수정을 합니다

오전 9시 50분 두꺼비는 사무실에서 동시에 여러 가지 일을 하고 있었다. 메일을 쓰면서 전화를 하고 있는 두꺼비 옆에 신입사원은 결재서류를 들고 두꺼비의 통화가 끝나기를 기다리고 있었다. 두꺼비는 거래처 사람에게 '첨부파일을 읽어 보신 다음 다시 연락을 해 달라'고 말하며 전화를 끊었다. 결재서류에 서명을 하려던 차에 다시 전화가 왔다. 이번에는 병원이었다. 두꺼비는 신입사원에게 시간을 두고 검토해 보겠다고 말한 다음 복도로 뛰어나갔다.

"아이고 선생님 안녕하세요."
"두꺼비 씨 검사결과가 나와서 연락드렸습니다."

두꺼비는 마른 침을 삼켰다.

"올챙이들이 거의 운동을 안 해요. 활동 능력치가 제로에 가까워요. 다음 검사일 지정해드릴 테니 그때까지 절대로 술, 담배 하지 마세요."

의사는 검사결과를 간략하게 설명해 주었다. '올챙이가 졸고 있다' 고 했다. 연어의 건강상태는 매우 양호했으나 두꺼비는 장기간의 흡연과 식습관이 문제가 된 것이라는 설명이었다. 의사는 두꺼비 부부에게 시험관 아기를 추천했다. 두꺼비는 올 것이 왔다는 표정을 짓고 무거운 마음으로 자리로 걸어갔다. 어머니와 와이프의 얼굴이 번갈아 떠오르며 미안한 마음이 들었다. 중학교 2학년 때 학교 화장실에서 우연히 친구 따라 뭣도 모르고 피우기 시작한 담배가 벌써 20년이 되다니... 두꺼비는 가방에서 담배와 라이터를 꺼내 화장실 휴지통에 모두 버렸다. 변기에 앉아 양손으로 머리를 긁적였다. 크게 한숨을 내쉬고 와이프에게 어떻게 말할지 곰곰이 생각했다.

* * *

동물회사의 경리부 박쥐 부장은 아침부터 기분이 언짢았다. 출산휴가 중인 맹꽁이가 연월차 휴가까지 붙여서 휴가를 연장한 것이다. 대타로 기용한 나방은 임시직으로 계약 기간이 정해져 있는데 계약 기간을 연장하자니 그 기간이 너무도 짧았고 그렇다고 모자란 인원으로 일을 계속하자니 고단할 것이 뻔해 보였다. 지난주 맹꽁이에게 휴가연장은 안 된다고 여러 번 통보를 했음에도 기어이 고래 회장에게 부탁을 해서 휴가를 연장했다. 일 처리 하나는 나방이 깔끔한데 쓸 만한 것들은 하나둘씩 나가버리고 불성실한 것들만 회사에 끝까지 남아 있는 것이 마음에 안 들었다. 박쥐 부장은 울며 겨자 먹기로 맹꽁이의 휴가승인을 해 주었다. 박쥐 부장은 담배를 피우지 않았지만 담배 피우러 나가는 지원팀 재 부장을 따라 밖으로 나왔다.

"하 정말."

"왜 또 뭐 때문에 그려?"

"맹 때문에 그래. 이번에 휴가연장 때문에 아주 일이 꼬였어."

"하기야 경리부 바빠 보이더라. 박 부장 이건 비밀인데 맹 대리 결혼 전에 기린하고 사귀었다고 원 대표가 말하는 걸 엿들었거든?

"잘 살겠지 뭐, 출산휴가 끝나면 일이나 똑바로 하라고 해야지..."

* * *

맹꽁이 부부가 신혼여행을 다녀온 지도 6개월이 흘렀고 출산예정일은 이틀 앞으로 다가왔다. 맹꽁이는 얼마 전 엄마의 도움을 받기 위해 서울 부모님 집으로 올라왔다. 집 근처 보건소에 산후 도우미를 신청하고 다시 돌아온 후 물을 마시려고 냉장고 문을 여는데 갑자기 하늘이 노래졌다. 맹꽁이는 5분마다 진통이 와서 억지로 호흡을 계속했다. 꽁이는 택시를 타고 줄곧 다니던 병원으로 갔다. 그리고 엄마한테 전화해서 필요한 짐을 싸 가지고 와 달라고 전했다. 맹꽁이의 부모님은 단숨에 병원으로 달려왔다. 남편 직장은 병원에서 멀리 떨어져 있어서 아무리 일찍 온다고 해도 밤에나 도착할 것 같았다. 환자복으로 갈아입고 호흡을 고르고 있을 때 조산사가 찾아왔다. 식은땀을 흘리고 나니 온탕에 들어가고 싶었다. 몸을 녹이고 나서 다시 옷을 갈아입을 때 갑자기 견딜 수 없는 진통이 몰려왔다. 분만실에 들어간 잠시 후 맹꽁이 무감각하게 간호사가 안겨주는 아기를 떠받았다. 아기의 따스한 체온이 전해졌다. 이제 엄마가 되었나 보다. 남편은 숨을 몰아쉬며 회복실에 들어왔다. 꽤 열심히 뜀박질한 듯했다. 남편이 딸아이를 안고 또 쉼 없이 종알대는 말소리를 들으며 산모는 잠이 들었다.

한숨 자고 일어나니 온몸이 무겁고 힘들었다. 어제까지 아이가 있던 배를 만졌다. 원래 산부인과 병동 내에서 흡연은 안 되지만 절절하게 담배 연기가 고팠다. 꽁이는 어렵게 한마디 꺼냈다.

"나 담배 한 대만 피우면 안 될까."

엄마는 처음엔 다그치고 나중엔 망설이다가 주섬주섬 지갑을 찾아 나갔다.

월요일 아침 고래 회장을 제외한 모든 임원들이 모여 회의를 하고 있었다. 고래 회장은 35년 근속을 하여 다음 달이면 정년 퇴임을 앞두고 있었다. 퇴임식 전까지 고래 회장은 긴 휴가를 다녀오기로 했다. 원 대표는 미국 임원을 잘 설득해 준 경리부 박쥐 부장을 맘에 들어했다. 그래서 그를 자신의 사람으로 삼고 이사로 진급시키기로 결정했다. 이제 에니멀 전자 법인인감날인은 박쥐 이사가 하게 됐다. 원 대표와 박 이사는 함께 조율할 부분이 많아져 주말이면 골프도 함께 치고 술도 자주 마셨다.

하지만 원 대표의 요구사항 중에는 본사의 규정에 위배되는 일이 적지 않았고 이전에 고래 회장이 덮어 주던 과오도 드러나 박쥐 이사는 마음이 점점 더 불편해졌다. 한 달 후 박쥐는 이사에 취임하면서 곧바로 원 대표와 대립각을 세우게 되었다. 고래 회장이 원 대표의 뒤를 봐주면서 막후에서 조율을 하였다면 박쥐 이사는 이제 자신의 세상이 되었다고 생각했다. 순환출자 구조로 뒷돈이 오고가는 임원들…. 일반 사원이던 시절 하룻밤 술값도 안 되는 금액을 비용 절감하기 위해 일 년 내내 뭐든지 아껴서 쓰라는 지시사항을 전해 들었던 기억이 뇌리에 스쳐 지나갔다.

'이 인간들이 말이야, 부끄러운 줄 알아야지.'

박쥐 이사는 뒷짐을 지고 창문 너머 빌딩 숲을 바라보며 생각에 잠겼다. '원숭이 대표이사는 범죄자적 기질이 다분

한 사람이었군. 물론 아직까지 문제가 된 적은 없지만 말이야….' 이제 더 이상 경리부 부장이 아닌 회사를 대표하는 CFO 박쥐 이사는 깊게 한숨을 내쉬었다.

* * *

출산휴가와 연차를 붙였지만 시간은 빠르게 흘렀고 맹꽁이는 다시 출근을 준비해야 했다. 남편과 함께 살았던 기간은 채 석 달이 되지 않았고 맹꽁이는 직장이 멀어 주말에만 자신을 찾아오는 남편도 나무라지 않았다. 남편의 집에는 아기를 보살펴 줄 사람이 없었기에 어쩔 수 없이 출산 후에도 맹꽁이는 부모님 집에서 기대어 지냈다. 맹꽁이는 오랜만에 회사에 출근을 해서 그런지 기분이 이상했고 출근한 지 한 시간도 되지 않아 아기 얼굴이 떠올라 마음이 불편했다. 부풀어 오른 가슴에 통증이 와서 챙겨 온 유축기를 들고 화장실로 갔다. 그리고 전용 팩에 담은 모유를 검은 비닐봉지에 다시 담아 회사 냉동실에 보관한 다음 돌아와 일에만 전념했다.

맹꽁이를 포함한 경리부 식구들은 오랜만에 모두 함께 근처 설렁탕집에 들어갔다. 같은 시간 지원팀 사람들도 점심을 먹으러 설렁탕집에 들어섰다. 맹꽁이를 오랜만에 발견한 기린은 순간 불편함을 느꼈고 재 부장이 기린의 눈치를 살피더니 한마디 했다.

"오늘은 매운 게 땅기는데… 부대찌개 어때?"

"네 저도 좋습니다."

신기린도 말없이 고개를 끄덕였다. 두 사람은 그 길로 돌아 나와 다른 식당으로 향했다. 식사를 마치고 자리에 돌아온 신기린은 배송이 완료된 사무용품들을 제자리에 정리했다. 신기린은 아무 생각 없이 복사기에 종이를 채워 넣으며 빌리 진 노래를 흥얼거렸다. 냉장고에 음료수를 채워 넣고 나서 냉동실을 무심코 열었다. 신기린은 검은 비닐봉지를 발견하고 열어 봤다. 무엇인지 몰라 한참을 들여다보다 한 박자 늦게 알아차렸다.

"제기랄 포유류네, 어쨌든 그 아이는 내 아이가 아니다."

아무도 없는 대회의실에 혼자 들어가 책상에 엎드렸다. 이젠 나와 아무 상관없는 일…. 원래는 아무렇지도 않아야 하는데 왜 이리 동요가 이는지 모르겠다. 아무튼 헤어진 여자와 같은 장소에 있다는 건 그 자체로 고역이었다. 기린은 자세를 고쳐 앉아 혼잣말을 했다.

"내가 떠나야겠다."

신기린은 바쁘게 일하고 있는 재 부장 뒤에 가서 헛기침을 했다.

"왜! 뭐야."
"저기 드릴 말씀이…."
"어디 급한 거야? 여기서 말해 봐."
"음… 여기서는 좀."

재 부장은 순간 기린의 낌새를 알아채고는 기린보고 회의실에 가서 기다리라고 말했다. 두 사람은 회의실에 마주 앉았다. 재 부장이 말문을 열었다.

"요즘 힘든 일 있냐?"
"저는 어차피 쓰다 버리는 카드라고 생각합니다. 이제 그만 퇴사하고 싶습니다."
"…아오. 너까지 왜 그러냐.
내가 진급심사 서류 제출할 테니 그런 줄 알아. 성실하게 일한 보람이 있어야지, 안 그래?"

재 부장은 기린의 어깨를 두어 번 두드리더니 자리에서 일어나 밖으로 나갔다. 신기린은 진급하고 싶었던 게 아니었다. 이제는 조금도 회사를 더 다니고 싶은 마음이 없었다. 이미 투자수익은 20년 치 연봉이 넘어섰다. 아마도 계속 일하게 된다면…. 돈은 조금 더 받고 일은 아주 많이 하게 될 것이다. 물론 욕도 먹어가면서….기린은 정규직이 되건 말건 그동안 일은 열심히 했으니 성적표만 확인하고 곧바로 퇴사를 해야겠다고 생각했다. 만약 내년에도 일하게 된다면 애뉴얼 파티 때 외국 손님이 많이 와서 바쁘니 내년 초 파티 행사까지만 일하고 떠나야겠다.

"그럼 지금부터 동물회사를 졸업할 준비를 하나씩 차근차근 해야겠어."

12.

좋아하는 것, 잘 하는 것, 정글이 원하는 것

기린은 입사 후 처음으로 일이 손에 잡히지 않았다. 퇴근 시간이 되어 원 대표 집 앞에 도착한 기린은 무작정 대학로 방향으로 달려갔다. 울적한 기분에 이대로는 집에 들어갈 순 없었다. 둘이 함께 걷던 대학로 소극장 골목길을 이젠 혼자 걸었다. 나이 스무 살 시절 열정 하나로 대학로 연극판을 전전하던 바로 그곳에 도착했다. 군대 가기 전 극단에 막내로 있었을 때, 처음으로 대사가 있는 배역이 주어졌을 때, 그때의 흥분되었던 감정이 떠올랐다. 흐름을 제대로 파악하고 싶어 대본 전체를 읽고 또 읽었다. 두 줄밖에 안 되는 그 대사는 아마 평생을 잊을 수 없을 것만 같았다. 공연 포스터들을 구경하던 중 낯익은 이름을 발견했다.

'송골매?'

설마 그 형님이 아직 여기에 계신가! 골매 형은 대학로의 살아 있는 전설이었다. 그는 TV도 영화도 거절하고 오로지 연극만 했다. 기린은 티켓을 끊고 들어가 연극을 한 편 봤다. 공연이 끝나고 관객들은 모두 돌아가고 없는 텅 빈 객석에서 앉아 있다가 기린은 배우들이 모여 있는 장소로 가 기웃거렸다. 사람들 틈에 그리웠던 얼굴이 보였다.

"골매 형님 저 기억하시겠어요?"

"어! 브라더 이게 얼마 만이야…! 극단 막둥이 기린 아니야.

둘은 파전집으로 자리를 옮겨 막걸리를 주문했다. 송골매는 음식이 나오기도 전에 술부터 사발에 따라 바닥을 휘저었다.

"우리 극단에 있다가 개그맨으로 데뷔하는 친구도 있고 탤런트나 영화배우로 데뷔한 애들도 있어 여기에 있을 땐 전부 다 연극배우였지만 말이야. 한번 간판이 정해지면 여간해서는 다시 바꾸기 힘들지. 요즘에는 춤추는 가수들이 연기를 하니 연극만 하는 사람은 더 설 자리가 없어지는 형편이야. 아이돌 같은 애들이 연기하는 거 보면 내가 봐도 문제는 없어 연기에 깊이는 없더라도 애들이 자신감이 넘치거든."

"형님은 여전하시네요. 하나도 변한 게 없으세요. 맞아요. 극단에서 보던 형들 중에 영화에 나오는 사람도 있더라고요."

"젊은것들이 영화판에서 좀 뜨면 자기가 연극배우 했을 때 그렇게 힘들었다고 말하고 다니더라. 자기가 뭐 그리 고생 많이 했다고 그렇게 말하면 안 되는 거야…. 아프다고 말할 수 있을 정도면 아픈 것도 아니야."

"얼마 전에 회사에서 영국 사람을 만났는데 영국에서는 연극배우의 사회적 지위가 상당히 높더라고요. 배우는 인간에 대한 깊은 이해가 있는 사람이라면서…."

"그런 거는 쳐다볼 필요가 없어. 우리나라 사람들은 다른 사람을 이해하는 데 많은 에너지를 쓰고 싶어 하지 않아. 점수순으로 줄 세워서 대학 보내고 어떤 간판이면 나머지는 볼 것 없다고 해버리는 거야 한 명의 사람을 제대로 이해하려면 많은 에너지와 막대한 배경지식뿐만 아니라 상대를 이해해 보려는 마음도 필요하지. 그치만… 알다시피 다들 여유가 없잖아. 우리들이야 사람 분석하는 게 직업이지만…."

신기린은 맹꽁이와 사귀다 헤어진 이야기를 했다.

"상대가 가식적으로 나오니 더 이상 말해 볼 의욕이 없었겠지. 너는 가면을 벗었다 썼다 하기가 불편하니 항상 쓰고 살았구나."

"그렇다고 해서 그 여자를 욕하거나 비난할 생각은 없어요."

"너 말이야 다 알면서 속아 넘어가 주는 여유는 없었냐? 너는 우월감과 열등감을 동시에 느끼는구나. 특이하고 바보 같은 놈, 한잔해."

신기린은 막걸리 사발을 단숨에 비우고 '크으' 하고 소리를 질렀다. 그 순간 신기린의 뇌리에는 그녀가 가장 자주 하던 말이 떠올랐다. '우리 헤어져 헤어지자고 이 바람둥이야!' 신기린의 눈빛을 읽은 송 선배는 잠시 미간을 찌푸리다가 말을 이었다.

"미성숙한 두 사람이 정사를 나눈다는 건 크라잉 게임이야. 너는 그냥 너답게 살아, 자기감정 좀 표현하라고, 그 여자애 입장에선 이정도면 이 남자를 좌지우지할 수 있겠구나 착각할 정도로 너야말로 연기를 한 거야."

"만약에 그 여자하고 결혼이라도 했다면 어떻게 됐을까요?"

"만약 그런 정신 상태로 부부가 되면 너도 죽고 그 여자애도 못 살아. 그만하길 잘된 일이야. 그런 스타일은 속박받고 살고 싶어서 저항을 하지 그것도 계속 계속…. 주변 사람 아주 피곤하게 하는 스타일이야. 걔는 자기 각본대로 상대가 움직여 주길 바라면서 계산하고 행동하는 사람이야. 그러다가 나중에는 자기 자신을 속이게 되지."

문득 고참 배우가 오래전에 했던 말이 생각났다.

'관객을 감동시키는 것은 배역이 아니라 배역을 향한 진정성이다.'

기린은 송골매 형님과 악수를 하고 자리에서 일어나 집으로 가는 택시를 잡아탔다. 차창 너머로 보이는 불빛들이 잘 가라고 손짓하는 것처럼 느껴졌다. 신기린은 혼자 생각에 잠겼다가 결론을 내렸다. 여기엔 내가 설 자리가 없다. 다만 연극을 좋아할 뿐 자신에겐 연기력도 연출력도 극본을 써낼 능력도 없다. 그리고 기린은 택시 안에서 무심한 창밖을 바라보며 새로운 자유를 꿈꿨다.

금요일 밤 초저녁부터 원 대표와 왕 악어 상무는 술잔을 기울이고 있었다. 대부분의 애니멀 전자 임원들이 저녁 식사를 해결하는 장소는 홍등가 근처로 여러 가지 형태의 유흥주점이 밀집해 있는 곳이었다. 기린은 차 안에서 임원들을 기다리고 있다가 주차장 맞은편 룸살롱에서 웨이터가 걸어 나와 길바닥에 소금을 뿌리는 모습을 구경했다. 지금은 초저녁이라 아마도 손님이 없을 것이다. 신기린의 현재 투자 수익은 연봉 30년 치가 넘었다. 올해 나이 서른둘 이제 집에서 독립을 할 때가 됐다. 지금 추세로 꾸준히 수익이 난다면 조그마한 일식집 정도는 차릴 수 있을 것 같았다. 기린은 차근차근 퇴사를 준비하고 있었다. 오늘도 지방 사무소의 한 여직원이 전체메일로 자신이 회사를 그만둔다는 사실을 알렸는데 내용은 정든 회사를 떠나게 돼서 아쉽다는 것이었지만 기린은 이런 식의 메시지는 옳지 않다고 생각했다. 자신과 직접적으로 업무적으로 연관 있던 사람들에게만 연락을 하고 자신이 하던 일은 앞으로 누가 대신하게 되는지만 알리면 그만이었다. 안 그래도 떠나고 싶은 사람도 있고 다른 곳 쳐다보지 않고 앞만 보고 달리는 사람도 있기 마련인데 마음에 괜한 동요를 일으키는 건 부적절하다고 생각했다.

기린이 입사한 지도 2년이 넘었다. 정확히 뭘 배우러 들어온 것은 아니었지만…. 일을 배우는 과정은 꽤나 흥미로웠다. 그들의 일상회화가 외계어처럼 들리다가 회사원들만의 승인절차가 어느 날 갑자기 이해되기도 했다. 하루가 꼬박 걸리던 일이 2~3십 분 만에 끝이 날 때, 감을 못 잡아 답답했던 일들도 어느새 척척 기획을 세우고 있는 자신을 발견할 때, 자신 역량으로 도저히 할 수 없는 일을 협업과 설득으로 해결해 낼 때 스스로 일을 제대로 배우고 있구나 하는 느낌이 들었다. 그러나 딱 거기까지였다. 투자수익이 자신의 월급에 열 배가 넘어가면서부터는 죽기 살기로 열심히 하며 보람과 재미를 느끼던 일들이 어느 순간 무의미해져 버렸다.

돈이 없을 때는 돈만 생기면 행복할 일이 많아질 것만 같았지만 막상 없던 돈이 생겨 이젠 행복하냐고 누가 묻는다면 아니라고 답할 것 같았다. 항상 현실은 생각과 많이 달랐다.

다음 날 점심시간 신기린은 여비서 병아리와 함께 식사를 했다. 식사 중 아리는 본인이 카드를 돌려막고 있다고 한탄을 했고 기린은 머지않아 이 회사를 퇴사할 거라고 귀띔을 했다. 기린은 자신의 투자 성공에 대해 한참을 설명했지만 아리 씨는 거의 못 알아듣는 표정이었다. 사무실로 돌아오는 길에 호기심이 생긴 병아리는 기린에게 참고할 만한 자료가 있으면 보여 달라고 했고 기린은 자신의 투자 거래 내역서를 보여줬다. 순간 병아리의 눈이 휘둥그레졌다. 거래 내역서에는 자신이 평생 모아도 만져 보기 힘든 액수가 쓰여 있었기 때문이었다.

그때 또다시 재 부장의 히스테리가 시작되었고 아리는 자신의 자리로 도망치듯 사라졌다. 오늘도 재 부장은 지원팀 사원을 들들 볶았다. 알베르 카뮈가 소설 《이방인》에서 묘사했던 마치 피부병에 걸려 힘들어하는 개와 그 주인이 화를 내는 모습처럼 직장상사가 부하직원을 야단치는 모습은 수차례 봐 왔지만 그 모습은 언제나 보는 사람으로 하여금 마음을 불편하게 했다. 화를 잘 내는 장수의 부하들은 게으른 법이었다. 어느 날 갑자기 '일'과 '나'라는 존재가 확연히 구분되어 버렸다.

두꺼비는 여느 때와 마찬가지로 전화를 받으며 컴퓨터와 씨름하고 있었다. 거래처 직원과 통화가 끝나고 곧바로 전화벨이 울렸는데 처음 보는 국제전화 번호였다.

"여보세요."
"안녕하십니까. 마카오 경찰청장 마스터 리라고 합니다."
"경찰이시라고요. 수고하십시오."

보이스 피싱이라고 생각한 두꺼비는 바로 전화를 끊었다. 잠시 후 벨이 다시 울렸다.

"여보세요. 두꺼비 씨 휴대폰 맞으신지요?"
"네, 그런데요."

"음··· 그럼 청개구리라는 사람 혹시 아십니까?"

두꺼비는 순간 눈이 커졌다. 다시 화면을 흔들어 발신 번호를 확인하니 전화번호의 뒷자리가 청개구리의 휴대폰 번호였다.

"아! 제가 실수했습니다. 죄송합니다. 청개구리는 저의 고등학교 동창입니다. 지금 어디 있습니까?"
"두꺼비 씨 본인 맞으시죠?"
"네··· 그렇습니다. 경찰서라니 개구리가 무슨 잘못이라도···."
"참··· 뭐라 말씀을 드려야 할지···. 청개구리 씨의 시신을 저희 쪽에서 보관하고 있습니다. 화물 인도 관련 서류가 좀 필요한데 집에는 어머니 한 분밖에 없더군요. 단축번호에 있는 친구분한테 연락을 하게 되었습니다."

두꺼비는 덜덜 떨리는 손으로 마카오 경찰청장의 지시사항을 받아 적었다. 홀어머니를 모시고 살던 청개구리에게는 형제도 없었고 일 처리를 할 만한 다른 사람도 없었다.. 두꺼비는 회사에 연차를 낸 후 산토끼를 비롯한 동창들에게 연락을 돌리고 다음 날 마카오행 비행기를 탔다. 공항에는 경찰 관계자가 나와 있었고 공항에서 경찰차를 타러 밖으로 나서는 순간 습한 열기가 온몸을 덮쳤다. 마카오 경찰청에 도착해서 Master Lee를 만날 수 있었다. Master Lee는 두꺼비가 가져온 서류를 검토한 다음 어디론가 전화를 걸어 중국어로 몇 마디 말을 했다. 두꺼비는 어렵게 말을 꺼냈다.

"어떻게 된 일인가요?"

"해변에 목 매달은 시신이 있다는 신고를 받고 출동한 경찰이 싣고 왔어요."

"자살입니까?"

"현재로서는 그렇게 추정됩니다. 여기는 도박으로 전 재산을 탕진하고 집에 돌아가지 못하는 사람들이 흔해요. 가끔 노숙하는 사람들 발견하면 내가 사비를 털어 한국으로 돌려보내곤 하는데…. 이렇게 객사를 해버리면 여러 사람들이 피곤해지죠."

두꺼비는 경찰청장실을 둘러보았다. 수없이 많은 인증서와 상패들 사이로 태권도복을 입고 이단옆차기를 하는 젊은 Master Lee의 모습이 담긴 액자가 보였다. 잠시 후 제복을 입은 경찰관이 경례를 하고 방 안으로 들어왔다. 두꺼비는 경관을 따라 지하 영안실로 내려갔다. 뒤따라온 경찰청장이 광둥어로 명령하자 냉동고 문을 열고 상체가 보일 정도만 손잡이를 끌어당겼다. 경관은 흰 천을 걷어 얼굴을 확인시켜 주었고 두꺼비는 그 자리에서 고개를 끄덕인 다음 자리에 무릎을 꿇었다. 떨리는 두 손을 모아봤지만 무엇을 어떻게 해야 할지 몰랐다.. 이 친구는 이제 어디로 갔다고 해야 하지? 친구가 마지막으로 했던 통화가 떠올랐다. 왜 살아있을 때는 제대로 챙겨 주지 못했는지 후회가 밀려왔다.

렙틸리아 테크가 인수합병이 된 지도 꽤 오랜 시간이 흘렀건만 예상외로 수익은 발생하지 않았다. 당장 회사 직원들에게 보너스는 고사하고 예전만큼의 급여도 지급하지 못하는 상황이었다. 이제 회사를 떠날 사람은 거의 다 떠난 분위기였고 왕 악어 상무는 깊은 시름에 잠겼다.

"구 과장 요즘 잘 지내나? 집에는 별일 없고?"

"임신 팔 개월 출산휴가 때부터 계속 따로 살고 있습니다. 아기 돌봐 줄 분이 장모님밖에 없어서요."

구렁이는 멋쩍게 웃으며 말했다. 구렁이는 얼마 전 자신의 월급 통장을 아내에게 보여 줬을 때 과장인 자신이 대리인 아내보다 급여가 조금 적음을 알게 되었다. 최근 부부관계도 점점 멀어지는 것 같고 주말에 잠깐 만날 때에도 서로 반갑게 맞이하는 애틋함이 벌써부터 사라져 가고 있음을 느꼈다.

"요즘 회사에서 안 좋은 소문이 돌고 있네만… 자네 와이프에 관한 이야기 들은 것 있나?"

"아시지 않습니까?… 왜 그런지 모르겠지만 언제부턴가 저한텐 직원들이 말을 잘 붙이지 않아요."

"회사 내에 사귄 사람이 있는 것 같아."

“아… 사장님 비서하고 잠깐 사귄 거는 직접 들었습니다.”

“그게 말일세… 다른 남자가 두어 명 더 있는 것 같아. 그리고… 그 친구들도 지금 다 재직 중인 것 같네.”

남자의 눈동자가, 얼굴이 분노에 차 통째로 흔들렸다.

맹꽁이는 동창회가 있다는 연락을 받아 오랜만에 즐거운 마음으로 치장을 했다. 출산 후 다이어트에도 실패해서 맞는 옷이 별로 없었다. 결혼 전에 입었던 프릴원피스를 입고 고개를 틀어 거울에 비친 자신의 모습을 보니 어깨고 허리고 살이 삐져나와 딱 맞는 부위가 없었다. 꽁이는 펑퍼짐한 라운드 넥 티셔츠와 짧지 않은 청치마를 꺼내 입었다. 맹꽁이는 아기 사진을 보여주고 있는 자신을 보며 먼저 시집갔던 친구들의 심정을 이해했다. 서로 상대방의 휴대폰에 찍혀 있는 아기 사진을 보며 많은 정보를 나누었다. 아직 시집가지 않은 친구들도 있었고 이혼하여 돌아온 싱글이 된 친구들도 모두 다 현실을 잊어버리고 삼삼오오 모여 신나게 수다를 떨었다. 그렇게 모두들 열심히 잘살고 있는 것 같았다.

그날 밤, 구렁이는 회사가 끝나기 무섭게 서울 처가댁으로 올라왔다. 식지 않은 분노를 억누르며 침대에 앉았다. 꽁이의 방바닥에는 수십 개의 편지봉투들이 엉망으로 쏟아져 있었다. 방문을 열고 들어서는 아내를 구렁이는 눈길조차 주지 않았다. 맹꽁이는 자신의 방의 꼴을 보고서 방에 들어오지 못하고 주춤거렸다.

"이…게 무슨…?"
"이것들이 다 뭐야."

순간 공기가 얼어붙었다. 구렁이는 온갖 번뇌가 떠올랐지만 입술이 보이지 않는 얼굴을 하더니 눈에 힘을 주고 묻고 싶은 말을 전부 삼켜버렸다. 남자는 좀 더 큰 소리로 외쳤다.

"이게 다 뭐냐고!"
"…."
"너 일 그만두고 집에서 살림이나 해."
"싫어!"
"집안 꼴이 이게 뭐야!"
"그럼 헤어져! 우리 헤어지자고! 남들은…!"
"뭐? 남들은? 내가 너한테 어떻게 했는데!"
"…."

구렁이는 아무렇게나 놓인 종이쪼가리들을 발로 흩트리며 소리쳤다. 이 남자는 절대로 눌러서는 안 되는 버튼을 눌러버렸다. 맹꽁이는 결혼하고 싶었고 예쁘게 잘 살고 싶었다.

"…나가…."
"뭐라고?"
"나가라고!"

구렁이가 화를 주체하지 못하고 몸을 떨었다. 맹꽁이는 구렁이에게 무어라 소리친 후 밖으로 나갔다. 그 여파로 방문 위에 붙어 있던 부적이 허공을 가르며 떨어졌다. 맹꽁이는 집 앞 호프집으로 가 술을 마셨다. 아무도 부를 수 없었다. 제비, 두꺼비, 신기린, 구렁이 모두 다 맞은편 자리에 앉아 술 상대를 해 줬건만 지금은 혼자였다. 묘한 기시감이 들었다. 늦은 밤, 현관문을 열고 들어서는 순간 엄마는 검지를 세워 입술에 대고 아기가 한참을 울다가 간신히 잠들었으니 조용히 들어가라 했다. 맹꽁이는 작고 어두운 방에 들어왔다. 결혼이라는 그릇에 월급통장도 집어넣고 두 개 끓인 라면도, 이불도 베개도 함께 넣었다. 이제 그릇이 깨지고 나니 어느 곳을 만져도 다칠 것만 같았다.

13.

정글은 언제나 변화무쌍합니다

두꺼비 부부는 주말마다 교회의 봉사 활동에 여념이 없었다. 아내 강연어는 성가대 반주자였고 두꺼비는 주차 봉사와 일대일 성경공부 사역에 힘을 기울이고 있었다. 두꺼비는 남을 가르치기 위한 공부에 즐거움을 발견했다. 모르는 걸 말할 수는 없는 노릇이기도 했지만 남을 가르치는 것의 최대 수확은 자기 검열인 셈이었다. 그러던 어느 날 자신이 성경공부를 가르치는 빼꾸기 형제가 시무룩한 표정에 풀이 죽은 모습으로 나타났다. 어깨가 축 처져 있는 것이 근심 걱정이 깊어 보여 성경공부 진도 나가는 것이 불가능해 보였다.

"어이 빼꾸기 형제 무슨 일 있어?"
"아무것도 아니에요."
"아무것도 아니긴 어디 아픈 데 있나?"
"사실은…."
"고민 있으면 털어놔 봐."
"어머니가 많이 아프신데 갑자기 수술비가 좀 모자라서요."

두꺼비는 순간 얼마 전 아무 도움도 주지 못하고 떠나보낸 친구의 생각이 났다. 결혼식 때 삼촌이 도와주고 남은 여유자금이 있던 터라 두꺼비는 빼꾸기를 도와주겠다고 마음먹고 그 자리에서 바로 자신의 두 달 치 월급에 해당하는 돈을 빼꾸기에게 이체해 주었다. 그리고 몸이 불편하신 어머니의 병이 호전되기를 함께 기도했다. 그러나 그다음 주부터 빼꾸기 형제는 교회에 나오지 않았다. 신호는 가는데 전화도 받지를 않았다. 그다음 주에도 그다음 주에도 빼꾸기를 봤다는 사람이 없었다. 믿는 사람이 사기를 치고 도망쳤다고 생각하고 싶지는 않지만 연어한테 부끄러운 마음이 들었다.

어느 날 와이프가 할 말이 있다며 두꺼비를 불렀다. 두꺼비는 더 늦기 전에 솔직하게 고백하려고 긴장을 하고 있는데 와이프는 지난번 시험관 시술에서 이식한 배아가 착상되어 임신을 했다며 기뻐했다. 그리고 자신은 앞으로 아이에게만 집중하겠다고 남편에게 말했다.

두꺼비는 말없이 무릎을 꿇고 고개를 숙였다.

맹꽁이는 힘 빠진 어깨를 하고 터벅터벅 퇴근했다. 편의점에 들어가 거의 1년 만에 담배를 구입했다. 아이를 낳고 집 근처에서 처음 피워 보는 담배였다. 자신의 가슴 속 깊은 곳까지 제대로 들어갔다 나오는 것은 이 담배 연기밖에 없는 것만 같았다. 이제 막 이혼소송을 시작했다. 궁금해 죽겠다는 표정을 하고 요즘 잘 지내느냐고 물어보는 직원들이 부쩍 늘었다 .막상 이혼을 결심하니 마음은 가벼웠다. 의외로 얼굴 표정도 한층 밝아진 것 같고 하나하나 숙제하는 기분이 들었다. 결혼 전보다 더 많은 관심이 쏟아졌다. 이제 그런

건 아무래도 상관없었다. 막상 결심을 하고 나니 주변 사람들에게 어떻게 평가될지 별로 신경 쓰이지 않았다.

집의 책상에 엎드린 맹꽁이 옆에는 이젠 익숙해져서 조금은 실증 나버린 명품가방 몇 개가 덩그러니 놓여 있었다. 행복은 왜 이리도 휘발성이 강한지 진정 사랑했던 남자와 함께했던 추억을 곱씹어 보게 했다. 그리고 부부싸움 했던 자신의 모습과 교차됐다. 상처라는 이름의 '아궁이'에 분노의 기름이며 독설 같은 불이 붙을 만한 땔감은 모조리 쑤셔 넣고 말았다. 이혼이야말로 태어나 처음으로 자신의 감정을 있는 그대로 표출해 보는 계기 같았다. 맹꽁이는 이제 처음으로 자신이 하고 싶은 대로 살아보고 싶었다. 그때 엄마가 살며시 방문을 열고 들어오셨다. 맹꽁이는 엄마를 바라보며 무미건조한 말을 건넸다.

"엄마 나 괜찮을까…?"

* * *

지원팀 재 부장은 결재서류를 들고 원 대표이사실 문을 노크했다.

"들어오세요."

원 대표는 평소처럼 입만 웃는 얼굴로 부장을 맞았다. 가끔 재 부장은 그 모습이 꿈에라도 나올까 무서웠다.

"새해 복 많이 받으십시오."

"허허. 무슨 어려운 말을 하려고. 그래, 새해 복 많이 받아."

"지난번 말씀드린 안건에 대한 비교견적입니다."

"한 업체에만 일감을 몰아주지 말고 4대 6으로 두 군데 업체에 맡기라고 세상 일이라는 게 어떻게 될지 모르니까 말이야. 당연히 이건 새어나가지 않게 해야겠지?"

원 대표이사는 서류 사이에 꽂혀 있는 흰 봉투를 꺼내 서랍에 넣었다. 그리고 결재란에 서명을 했다. 그리고 다음 결재서류를 바라보고 한동안 말이 없었다.

"진급 신청 기안서입니다만… 신기린 그 친구가 지원팀에서 나름 제 역할을 열심히 해주고 있습니다."

"열심히 한다고 진급시켜 줘야 쓰나. 일을 잘해야지."

"A급은 아니더라도 기존 멤버들보다는 훨씬 쓸 만합니다. 방통대학도 열심히 공부하는 것 같고요. 작년에 비용 절감해서 실적 올린 것도 기린이 기여한 바가 어느 정도 있습니다."

"그냥 별정직으로 내버려 두라고. 운전 좀 하고 반반한 애들을 널리지 않았나. 정규직 전환해 줬으면 됐지."

"…잘 알겠습니다."

재 부장은 결재서류를 챙겨 밖으로 나왔다. 그리고 잠시 후 기린을 데리고 담배를 피우러 나갔다. 기린은 이미 알고 있었다는 듯 미소를 띠며 고개를 끄덕였다.

"저… 사직서를 제출해도 될까요?"

"그거야 니 맘이지."

"그럼 다음 달 애뉴얼 파티까지만 일하겠습니다. 그때까지 사람 좀 구해 주세요."

"아이 씨 미치겠다. 아이고, 사직서는 내가 쓰고 싶다."

신기린은 이제 자유의 몸이 될 것을 상상하며 기쁜 마음으로 인사과에 갔다. 놀이동산에 놀러 온 아이가 솜사탕을 주문하듯이 천진난만한 목소리로 말했다.

"수달 대리님, 바쁘시죠?"

"네 무슨 일 있으세요?"

"사직서 양식 한 장만 주세요."

순간 인사과 사람들이 하던 일을 멈추고 모두 신기린을 쳐다보았다. 무슨 사직서를 싱글벙글하며 달라고 하는지 당황스러웠다. 인사과 임 이사는 곧바로 원 대표에게 문자메시지를 보냈다. 원 대표이사는 미간을 찌푸리며 고민을 했다.

"이거… 계속 쓰자니 뭔가 마음에 안 들고 버리자니 아깝고 새로 사람이 오면 한동안 불편하고 일일이 다시 가르쳐야 하는데…."

임팔라 이사는 신기린을 데리고 회의실로 갔다.

"자네 이제 정규직 아닌가? 정규직 되자마자 사직서라니."
"저는 회사에 불만 없습니다. 그냥 다른 일을 해 볼 생각입니다."
"원 대표님께는…."
"그건 재규어 부장님 통해서 알려드리려고요."

그동안 신기린은 대표이사에게 자신에 관한 이야기를 거의 하지 않았기 때문에 원 대표는 신기린에 대해서 아는 것이 하나도 없다고 볼 수 있었다. 원 대표는 약점이든 장점이든 뭐 하나 아는 게 없어서 어떻게 해 볼 카드가 없는 것이 불만스러웠다. 원 대표는 이례적으로 신기린을 자신의 방으로 호출했다. 그리고 준비된 일장 연설이 시작되었다. 일하기 싫어하고 놀기만 좋아하다 보면 소 같은 노숙자가 된다는 이야기였는데 신기린은 잘 듣고 있다는 시늉을 하며 한쪽 귀로 몰래 쏟아버렸다. 기린은 나름대로 원 대표를 이해하는 마음을 내보려 했지만 그게 잘 안 되었다. 원 대표가 가지고 있는 선입견들을 견디기 힘들었다. 노숙자도 경쟁이 치열한 사회다. 공짜 밥이 나오는 시간과 장소에 대한 정보, 좋은 자리를 먼저 차지하기 위한 경쟁 그곳도 나름의 방식이 있기 마련인 것이다. 원 대표는 자신의 비서가 계속 일을 했으면 좋겠다는 뉘앙스를 아주 먼 길을 에둘러 설명했고 대충 연설이 끝나가자 신기린은 깍듯하게 인사를 하고 밖으로 나왔다.

신기린은 건물 옥상으로 혼자 올라가 기분 좋게 한숨을 쉬었다. 재미 삼아 열심히 달렸는데 너무 멀리 온 느낌이었다. 어서 돌아가자고…. 맨 처음 이곳에 와서 처음 일을 시작했을 때가 생각났다. '좋아하는 것, 잘하는 것, 회사에서 원하는 것. 이 세상에 먹히는 것은 무엇일까 교집합을 찾아보자.' 그땐 그렇게 생각했다. 2년이라는 세월이 지난 지금 기린은 좋아하는 일과 잘하는 일과 지금 세상이 나에게 요구하는 일 사이에는 교집합이 없다는 것을 깨달았다.

이제 스스로의 힘으로 날갯짓을 하겠다고 마음먹으면서….

* * *

원 대표이사와 신기린은 안양 사무소에 도착했다. 안양 사무소는 최근 목표치를 초과 달성해서 분위기가 좋았다.

원 대표는 안양 사무소의 전무와 함께 회의실로 들어갔고 신기린은 두꺼비 옆으로 갔다.

"아, 기린 씨 오랜만이네. 요즘 잘 지내?"

"저… 이번에 퇴사해요. 다음 달 애뉴얼 파티까지만 일합니다."

"아쉽네. 이제 좀 일이 할 만해질 텐데. 나는 서울로 발령이 나서 이번 달까지만 안양에서 일해."

"맹 대리도 서울 고정으로 발령이 났더라고요."

두꺼비는 예전에 좋아했던 여자와 계속 같은 장소에 있게 된다는 것이 썩 달갑지만은 않았지만 어쩔 수 없었다. 두꺼비는 휴대폰을 꺼내 아기 사진을 보여 줬다.

"쌍둥이 둘 다 귀엽네요."

"시험관 해서 낳았는데 둘째는 미숙아라서 인큐베이터 신세를 졌지. 아기 보험을 들긴 했지만 한 명한테 밖에 적용이 안 돼서 나처럼 쌍둥이 낳는 사람은 고생이 이만저만이 아니야."

두꺼비는 아기가 나오자마자 자신 연봉보다 많은 돈을 써 버렸다. 신기린은 만약 자연임신이 안 된다면 그냥 사랑하는 사람과 단둘이 사는 것도 괜찮다고 생각했다.

"그럼 아기는 누가 돌봐 주시나요?"

"어머니가 돌봐 주셔 신혼 때만 잠깐 나가 살았는데 다시 부모님 집으로 들어갔지. 근데 기린 씨 근데 맹 대리 이혼소송 중이라며? 알고 있어?"

"예?"

"몰랐어? 안양 사람들은 다 알고 있는데…."

신기린은 얼마 전 맹꽁이를 복도에서 마주쳤을 때 전해져오던 원망의 눈빛이 생각났다.

다음 날 아침 원 대표이사와 신기린은 거래처 방문으로 외근을 나갔다. 점심시간에 여비서 병아리가 경리부 사람들과 합석을 했다. 식사를 마친 여비서 병아리와 경리부 맹꽁이는 비서실에서 커피를 함께 마시며 수다를 떨었다. 맹꽁이는 전남편의 험담을 시작했고 병아리는 원 대표의 흉을 봤다. 병아리는 수행비서 신기린에 대한 이야기를 시작했는데 아리는 자신과 기린이 사귄 사실을 모르는 눈치였다. 아리는 기린이 열정적으로 사는 모습이 부럽다고 이야기를 꺼냈다.

"신기린 씨 말이에요. 요즘 학교 다시 다니는 것 같더라고요."

"늦게 공부 시작하는 사람도 있지…."

"어디서 그런 여유가 나오는지 부러워요. 최근에 무슨 투자를 했다던데 돈을 엄청 많이 벌었더라고요."

"뭐라고!"

아마도 우리 연봉으로 30년 치는 될 것 같았어요. 물론 30년 일한다고 그런 돈을 모을 수 있는 건 아니지만요."

"말도 안 돼. 그렇게 돈을 많이 벌었으면 왜 그런 일을 계속하겠어?"

"기린 씨 사직서 낸 거 아직 모르세요?"

맹꽁이는 사레들린 기침을 했다. 입안에 남아 있는 커피 맛이 쓰디쓰게 느껴졌다. 아직도 기린이 밉고 싫었다.

'나는 이혼소송 중인데 이 남자는 정말 떠나는구나.'

그때 원 대표이사가 사무실로 복귀했다. 깜짝 놀란 두 여직원은 고개를 숙이고 눈치를 보며 종종걸음으로 자리로 돌아갔다.

신년 초 명절을 앞두고 애니멀 전자는 제20회 애뉴얼 파티를 개최했다. 직원들은 한껏 치장을 하고 파티 참석을 준비하고 있었고 세계 각국에서 초대된 귀빈들이 하나둘 연회장으로 모여들었다. 원 대표는 신기린에게 마지막 업무를 맡겼다. 이번에는 김포공항에 가서 나츠메 이사를 혼자 데려오라는 것이었다. 행사 시작까지는 아직 여유가 있으니 공항에서 식사 대접을 한 다음 행사장으로 향하라고 했다. 인천공항으로 오는 손님은 원숭이 대표가 직접 차를 몰고 가서 픽업하기로 했다.

“나츠메 이사는 위가 안 좋아. 자극이 적은 것으로 메뉴 선택에 신경을 써 주길 바라네.”

“예 알겠습니다.”

김포공항에 내린 나츠메 이사는 비서 신기린을 알아보고 반가운 척을 했다. 유창한 일본어로 환영 인사를 한 신기린에게 놀라는 눈치였다.

“자네 일본어 할 줄 아는군.”

“어렸을 때 잠깐 일본에서 살았습니다.”

“나도 자네만 한 아들이 하나 있는데….”

나츠메는 속 썩이는 아들에 대한 푸념을 늘어놓았다. 나츠메 이사의 아들은 점심에 일어나서 파칭코에 가는 것이 일이었고 주말이 되면 오디오를 개조한 자동차를 몰고 ‘아메리카 무라’ 밤거리를 누비는 것이 낙이라고 했다. 트렁크를 열고 테크노 음악을 크게 틀고 달리는 아들의 모습을 봤다는 이야기를 주변 사람들로부터 가슴 아프게 전해 들어왔다고 했다.

금수저를 물고 태어난 나츠메 이사의 아들…. 그 남자는 가야 할 곳을 잃어 방황하는 영혼인 것 같았다. 신기린은 나츠메 이사를 연회장에 내려 주고 곧바로 원 대표이사가 기다리고 있는 호텔 로비로 향했다. 호텔 커피숍에서 기다리고 있던 원 대표는 기린을 발견하고 손님과 함께 로비로 걸어 나왔다. 오늘의 VIP는 인도 사람이었는데 이름은 '보디사트바' 미 항공 우주국 소속의 연구원이었다. 양자 물리학 최고 권위자로 애니멀 전자 측에서 신기술 도입 건으로 초대한 귀빈이었다. 백미러로 본 원 대표의 얼굴 근육이 잔뜩 굳어 있었다. 늘 미간을 찌푸리고 있는 상이라 웃을 때면 그렇게 어색할 수가 없었는데 오늘은 유난히 심각한 표정이었다. 차 안에서도 원 대표는 자신이 알고 있는 지식을 피력하였지만 논리적 근거가 빈약했는지 상대에게 잘 먹히지가 않는 것 같았다. 억지로 친해지고 싶어 하는 원 대표에게 보디사트바는 그저 편안한 미소로 답할 뿐이었다. 원 대표는 자신이 알고 있던 부분들을 수정당하는 것이 불쾌한 모양이었지만 보디사트바 손바닥 안에서 도망치지는 못했다.

검정색 세단은 연회장에 도착하였고 두 사람이 차에서 내리자 맞은편에서 걸어오던 직원들도 인사하기 시작했다. 인사하는 군중 속에서 왕 악어 전무와 구렁이 과장이 보였다. 기린은 혼잣말을 했다.

'저분도 인내심이 바닥났군…. 나처럼.'

기린은 지하주차장에 차를 대고 근처 국밥집에 들어갔다.

이번 행사에는 참석하고 싶은 마음이 없었다. 내일 출국하는 대표이사를 인천공항에 내려다 주고 나면 이 회사와의 인연도 끝나는 셈이었다. 국밥이 나오길 기다리는 동안 친구 부엉이에게 전화를 했다.

"yo~ man! my man."
"직장 때려치웠어. 내일이 마지막 날이야."
"내일은 토요일인데 일해?"
"그렇게 됐어. 오후 2시면 일이 끝나."
"그럼 바로 우리 집으로! 토요일을 불살라버리자고."

같은 시간 연회장에서는 왕 상무와 구 과장이 술잔을 기울이고 있었다.

"처는 안 왔는가?"
"처는 무슨. 안 보이네요."
"다들 잘 사는데 나라고 못 살 이유가 뭐 있겠는가? 맹 대리가 고르고 고른 마지막 최고의 남자라고 생각해 주면 안 되겠나?"
"저는… 저는 이제 그 여자라면..."

구 과장은 와인 잔의 술을 단숨에 마셔버렸고 그 와중에 행사장은 웃고 떠들고 정신이 없었다.

다음 날 신기린은 원 대표이사 집 앞으로 마지막 출근을 했다. 원 대표는 싱가포르 지사 행사에 참석하기 위해 출국할 준비를 했다. 지난 2년 동안 옆에서 지켜본 원 대표는 언제나 경직되어 있는 사람이었다. 말투도 어깨도 항상 딱딱했다. 이사는 언제나 자기 자신의 모습을 다른 이로 하여금 존경받아야 마땅한 사람으로 설정하려 노력했다. 하지만 그와 가까이 지내는 사람들은 그것들이 전부 다 연기라는 것을 알아차리는 데까지 그리 오랜 시간이 걸리지 않았다. 목적지에 다가서자 창밖을 내다보던 원 대표는 깊은 한숨을 내쉬었다. 공항에 내린 원 대표는 신기린에게 악수를 청했다.

"그동안 신세를 많이 졌습니다."

공항에 원 대표를 내려 주자마자 신기린은 부엉이에게 전화를 걸었다.

"끝났다."
"야호! 오예!"
"어째, 네가 나보다 더 신난 것 같다. 우리 뭐 먹을까?"
"그거야 신 쉐프 맘이지. 난 고기만 있으면 다 맛있어."

신기린은 곧바로 마트에 가서 야키소바를 만들 재료를 샀다. 친구의 기호에 맞게 소고기 살치살과 송이버섯을 이용

해 만들어 보려 했다. 신기린은 집에 가서 자신의 차로 갈아타고 친구의 집으로 갈까 생각했지만 짐을 옮기는 것이 번거롭게 느껴져서 곧바로 친구의 집으로 향했다. 아직 점심을 먹지 않았다는 친구를 위해 신기린은 오랜만에 실력 발휘를 했다. 둘은 5~6인분을 눈 깜짝할 사이에 해치워버렸다. 부엉이가 설거지를 하는 동안 신기린은 DVD 진열대에서 옛날 영화를 한 편 꺼내서 틀었다. '알파치노'가 형사로 나오고 '로버트 드니로'가 은행털이범으로 나오는 영화였다. 이미 여러 번 본 영화였지만 다시 봐도 재미있었다. 거실 바닥에 앉아 등을 소파에 기대어 영화를 보다가 잠이 들었다 깼다. 시계를 보니 9시가 막 지났다. 기린은 이제 슬슬 나갈 준비를 하려고 화장실로 가서 샤워를 했다.

부엉이는 요즘 다시 클럽 DJ를 하고 있다. 부엉이가 방에서 머리를 하고 거실로 나오자마자 정장 차림의 신기린에게 옷을 빌려주었다. 그리고 친구의 머리에 왁스 칠을 해 주며 '요, 맨!'이라고 감탄사를 연발했다. 부엉이는 클럽에 나가 음악을 틀을 준비를 하고 밖으로 나섰는데 신기린이 리모컨으로 검정색 독일 세단에 시동을 걸었다.

"Yo~ man huge car! oh yeah. C'mon homie."

신기린은 피식 웃었다. 이렇게 좋아할 줄 알았다면 전에 기회 있을 때 미리 태워 줄 걸 그랬나? 아니다 오늘까지만 놀고 월요일 자동차 반납하면 끝이다. 그때까지 아무 일 없기를….

신기린은 자신의 CD 가방에서 '디페쉬 모드'의 앨범 한 장을 꺼내서 틀었다. 오디오에서 〈Never Let Me Down Again〉이 흘러나오자 두 사람은 주먹을 맞대었다. 언젠가 이럴 날이 올 줄 알았다는 듯이….

청담동 클럽 '에곱'으로 가는 길 빨간 신호등에 멈춰 서자 부엉이가 말을 꺼냈다.

"난 DJ 말고 좋아하는 게 없어…."

"나도 그래."

"난 DJ 말고 할 줄 아는 것도 없어…."

"나도 그래."

"내가 카메라맨 하다가 그만두고 다시 돌아왔듯이 너도 다시 요리사를 하게 될 거라고 나는 알고 있어…."

신기린은 미소를 지으며 끄덕거렸다.

"아직까지는 손맛 때문에 CD로 음악을 틀고 있는데… 나도 어쩔 수 없이 노트북으로 음악을 트는 날이 오겠지?"

그때 부엉이의 전화벨이 울렸다. 전화기 너머로 시끄러운 여자 목소리가 들렸다. 잠시 후 클럽에 들어서자 'deadmau5'의 〈Animal right〉가 울려 퍼지고 있었고 스테이지에는 사람들이 가득했다. 스피커에서 뻗어 나오는 중저음의 펀치가 가슴을 관통했다. 12시가 되자 부엉이가 DJ 부스에 모습을 나타냈다. 첫 곡은 CLS의 〈Can you feel it〉이었다. 기린은 마치 자신한테 묻는 것 같았다. 느낄 수 있냐고….

'너는 느낄 수 있는가? Can you feel it!'

알고 모르고 되고 안 되고를 묻는 것이 아니었다. 친구는 오직 느낄 수 있는지를 묻고 있었다. 신기린의 중추신경과 말초신경이 살아나고 있었다.

"그래 느낄 수 있다. 나는 느낄 수 있다."

이렇게 사람이 많은데 나는 왜 나를 외롭게 만들었을까? 이런 느낌은 정말 오랜만이었다. 기린은 자유롭게 달렸다. 순식간에 한 시간이 흘렀고 부엉이가 기린 옆으로 다가왔다. 기린은 웃으며 엄지손가락을 세웠는데 그때 누군가 자신을 부르는 느낌을 받았다. 기린은 순간 긴장을 하며 천천히 뒤를 돌아보았다. 아무도 없었다. 다시 부엉이 쪽을 돌아보니 한 여자가 부엉이와 팔짱을 끼고 있었다. 여자는 자신을 부엉이와 사귀고 있다고 말하고 작년 말에 함께 만난 적이 있다고 말했다.

"오빠 나 목말라!"

루미는 부엉이의 손목을 붙잡고 바텐더가 있는 방향으로 사람들을 헤집고 수영하듯이 걸어갔다. 그녀의 친구라는 미호도 기린을 손짓하며 같이 술을 마시자고 했다. 기린은 무척 힘이 들었지만 간신히 참고 웃는 표정을 지으며 친구들과 함께 있었다. 신기린은 크랜베리 주스를 한잔한 다음 무심코 한마디 내뱉었다.

"우리 나갈까?"

나머지 세 사람은 동시에 좋다고 말하며 소리를 쳤다. 클럽 입구에서 신기린은 발렛 비용을 지불하고 차 키를 건네받았다. 부엉이와 루미는 뒷자리에 미호는 조수석에 올라탔다. 기린은 안전벨트를 채우고 조수석을 바라보았다. 은색 컬러렌즈를 착용하고 있는 미호를 가까이서 바라보니 알 수 없는 거부감이 일어났다. 부엉이와 루미는 차에 타자마자 서로 합체를 하기 시작했다. 키스를 나누던 부엉이가 한마디 했다.

"기린아 음악 좀 바꿔 줘."

기린은 디페쉬 모드를 빼고 다프트 펑크의 CD로 갈아 끼웠다. 신기린은 곁눈질로 조수석에 앉아 있는 미호를 보며 말을 걸었다.

"어디 사니?"
"장충동… 근화 유치원 근처."
"나도 거기 유치원 나왔는데."
"웬일이야. 그럼 난 유치원 후배네. 호호."

신기린은 압구정에서 부엉이를 내려 주고 곧바로 다리 건너 장충동에 가서 이 여자애를 내려준 다음 회사에 차를 세우면 되겠다고 계산했다.

"이 친구 애니멀 전자 다녀. 이시키 돈도 잘 벌어!"

기린은 딱히 할 말이 떠오르지 않았다.

"이 차는 회사 차야."
"회사에서 오빠한테 차 준거야?"

기린은 오해가 깊어지고 있음을 느꼈다. 따뜻한 히터 바람 때문인지 미호의 언어능력이 점점 저하되며 혀 짧은소리를 내뱉기 시작했다. 기린이 백미러로 뒷자리를 살펴보니 두 남녀는 이미 레슬링이 한창이었다.

"방 잡아 줘야 하는 거 아니야?"
"말 시키지 말라고 해 줘. 오빠."

두 사람은 아주 진하게 키스를 하며 시트 위로 쓰러졌다. 이번에는 미호가 기린에게 키스를 시도했다. 기린은 몸을 창문 쪽에 바짝 붙여 키스를 피했는데 미호는 기린에 목을 한 번 핥았다. 그때 잡고 있던 핸들이 흔들려서 차가 좌우로 크게 요동쳤다.

"Oh Yeah. One more time!"

기린을 뒤따라오던 차가 창문을 내리고 주먹을 울리며 기린의 차량을 추월해 갔다. 압구정역 근처 조그마한 호텔에 두 사람을 내려주고 신기린은 다시 장충동으로 방향으로 차를 돌렸다.

장충동에는 순식간에 도착했다. 미호가 설명한 집 앞에 도착했지만 미호는 내릴 생각이 없었다. 기린은 전에도 이런 경험이 있던 터라 근처 편의점으로 차를 몰았다. 신기린은 지폐 한 장을 꺼내서 미호한테 쥐여 주며 캔맥주 두 개만 사오라고 했다. 기린은 편의점 문이 닫히는 순간 그 길로 차를 몰아 도망을 쳤다.

차를 반납하기 위해 회사로 향해 가는 길, 어렸을 적 다니던 유치원이 보였다. 유치원을 다니던 꼬맹이가 커서 이렇게 같은 자리에 다시 서 보니 모든 것이 작아져 있었다. 왠지 모르게 기분이 좋아졌다.

* * *

드디어 퇴사하는 날이 되었다. 신기린은 시계를 힐끔 쳐다보고 다시 이불을 뒤집어썼다. 어머니에게는 휴가라고 대충 둘러대고 집에서 뒹굴거리다 오후에 회사에 들어서니 모든 것이 풍경처럼 보였다. 회사는 자신이 입사했던 날과 변함이 없었고 일하는 사람들이 일부 바뀌었지만 굴러가는 모습은 그때와 같았다. 혼자만 달라져 있는 기분이었다.

매일 앉아 있던 책상은 어제까지 내 것 같았지만 원래 내 것이 아니었다. 몇 장 남지 않은 복사용지를 복합기에 채워 넣고 빈 상자에 개인용품을 담아 보니 제법 묵직했다. 재 부장에게 차키와 사원증을 반납했다. 재 부장은 언제 아쉬워했냐는 듯 무성의하게 그것들을 건네받고 돌아섰다. 해외 출장을 떠난 원 대표의 사무실은 깜깜했다. 회의실에서는 경리부 직원들이 야근을 위해 사무실 한 켠에서 저녁 식사를 시작하는 모습이 어깨너머로 보였다. 기린은 맹꽁이의 뒷

모습을 한동안 바라보다가 박 이사와 눈이 마주쳤다. 그리고 아무 말 없이 눈인사만 가볍게 하고 다시 로비로 걸어 나갔다.

"저기 기린이… 한참을 바라보다 그냥 갔네…. 그 친구 성실해서 좋았는데."

맹꽁이가 순간 밥을 씹어 삼키던 것을 멈추었다. 갑자기 서러움이 북받쳐 화장실로 뛰어갔다. 입안에 있던 음식물을 뱉어버리고 소리 내서 울기 시작했다. 그리고 양손으로 물을 받아 입을 헹구었다. 이혼소송을 하며 계속되는 야근으로 하루하루 힘들지만 거울을 바라보며 그냥 다시 한번 웃어봤다. 자리에 돌아와 밥 한 숟갈을 떠넘겨보지만 목 넘김이 힘들었다. 자신의 처지가 어쩌다 이렇게 되었는지 자신도 잘 이해가 되지 않았다. 그리고 휴대폰에 있는 아기의 사진을 다시 한번 바라보았다.

동물원에서는 때가 되면 매일 똑같은 양의 먹이를 나눠준다. 코끼리는 많이 주고 다람쥐는 조금 준다. 코끼리도 배고프고 다람쥐도 배고프다. 동물원 안에 있으면 먹이를 주는 것은 당연한 것이기에 아무도 고마워하지도 않고 먹이가 부족하거나 과하다고 생각하는 이도 없다.

신기린은 오늘 동물원을 탈출하는 사자가 되었다.

'동물원에 남아 있는 자들은 그저 사는 대로 생각할 것이다. 그것이 운명이 되어버릴 것이다. 나는 내 생각대로 살아 보고 싶다. 당장 벌이가 안 되고 힘든 길일지라도. 이 세상을 남의 잣대로 보는 게 아니라 있는 그대로… 보여지는 대로 볼 것이다.'

대낮에 집에 돌아와 어머니에게 회사를 때려치웠다고 말씀드렸더니….

"이 노무 시키, 지 에미 씨종머리 뼈골까지 빼 처먹으려고 하네! 언제까지 내가 너 뒤치다꺼리해 주길 바라니?"

신기린은 어머니 말씀이 맞다며 고개를 숙였다. 그리고 조용히 돈 봉투를 꺼내 드린 후 방문을 닫고 의자에 깊숙이 앉았다.

'어떻게 인간답게 살 것인가…. 그 문제의 답을 찾으려고 시행착오를 수없이 했지만 아직도 모르겠다. 우선 집에서 나가 독립을 해야겠다.'

신기린은 이제 회사를 나왔으니 하고 싶은 것들 중에 할 수 있는 걸 해 보겠다고 다짐했다.

14.

동물만도 못한 것들

점심시간 경리부 사람들은 어제 밤늦도록 마신 술 때문에 해장할 만한 것을 찾고 있었다. 자주 가던 순댓국집에 인원수 대로 주문을 하고 기다리는 시간 동안만이라도 잠시 피곤을 덜어내고자 모두들 편한 자세를 잡았다. 그때 박쥐 이사가 뒤늦게 합류를 했는데 맹꽁이는 자신도 모르게 못 매무시를 고치고 박 이사에게 물을 따라 주며 애교를 떨었다. 맹꽁이는 자신의 직장상사가 자신을 예전처럼 예쁘게 봐주었으면 하는 바람이었지만 박쥐 이사는 심기가 불편해서 맹꽁이의 눈빛을 외면했다. 박쥐 이사는 나방에게 계속 일할 생각 없냐고 복직을 권유하였지만 맹꽁이의 복귀와 동시에 집으로 돌아가 버린 것이 못내 아쉬웠다. 물론 그 이야기를 맹 대리한테 대놓고 할 수는 없었다. 식사가 끝나고 삼삼오오 회사로 돌아가는데 박쥐 이사는 맹꽁이만 들리도록 조용히 말을 했다.

"회사에서 이 직원 저 직원 만나다가 결혼했으면서 애까지 낳고 이혼이라니…. 요즘 내가 다 민망할 지경이야."

"…."

자리에 돌아와 메일을 살펴보니 지방 출장이 빈번하게 잡혀 있었다. 그리고 업무량도 이전보다 훨씬 많아졌기에 절로 한숨이 나왔다. 이런 추세라면 야근을 이전보다 두 배는 많이 하게 될지도 모른다. 집에는 아기가 기다리고 있는데…. 어떡하지. 그때 문서 위로 피 한 방울이 떨어져 번졌다. 한 손으로는 휴지를 뽑고 다른 한 손으로는 콧등을 잡았다. 고개를 뒤로 젖히고 종종걸음으로 화장실을 향했다. 어느 정도 지혈이 되길 기다린 다음 코에 휴지를 다시 말아 꼽았다.

'미운털이 박혀버렸네… 앞으로 어찌해야 하나….'

* * *

신기린은 퇴사를 하자마자 집부터 장만했다. 방 3개에 거실이 넓은 집을 얻었는데 막상 자신의 물건을 옮기고 나니 썰렁하고 적막했다. 기린은 너무 자주 입어서 목 주위가 늘어날 대로 늘어나버린 헐렁한 티셔츠를 입고 옛날 영화를 봤다. 내일은 가게 자리를 알아보거나 도서관에 가서 책이나 읽을 작정이었다. 팔베개를 하고 누워 창밖을 내다보고 있으니 과거 일식집에서 일했던 장면들이 떠올랐다. 도미 마스카와(껍질 부분을 뜨거운 물로 익히는 작업)를 하다가 생선살을 놓쳐서 통째로 익혀버렸던 실수도 생각났고 실장님이 전복에 칼집을 촘촘하게 넣는 고급기술을 펼치면 전 직원이 에워싸고 구경하던 기억도 생생하게 떠올랐다. 독립을 했으니 이제 누가 뭐라고 하는 사람이 없었다. 투자한 금융

상품에서는 아직까지 수익이 꾸준히 나고 있었지만 최근 들어 조금씩 불안해지기 시작했다. 아직 아무것도 없는 거실에 누워 뒹굴거리다가 천장을 바라보며 앞으로의 가게 이름을 뭐로 정할지 생각을 했다.

'나는 자유의 맛을 본 사자, 다시 짐 싣고 가는 낙타가 될 수는 없다.'

이런저런 생각에 잠겨있을 때 낯익은 전화번호로 전화가 왔다.

"여보세요."
"안녕하세요. 애니멀 전자 인사과 수달 대리입니다."
"아, 수 대리님 안녕하세요. 무슨 일 있나요?"
"퇴사자 관련해서 설문조사할 게 있어요. 잠시 시간 좀 내주실 수 있나요?"

수 대리는 회사에 특별히 불만이 있었는지 회사가 앞으로 개선할 점이 있는지 여러 가지 항목에 대해 물어봤다. '예', '아니요'로 답하는 항목도 있었고, 동의하는 정도에 따라 체크하는 항목도 있었다.

"끝으로 개인적으로 회사가 처한 문제점에 대해 하실 말씀 있으시면 한마디 해 주십시오."

"제가 뭘요…. 특별히 회사에 불만은 없어요. 다만 문제가 발생했을 때 그것을 말해 봐야 개선될 것 같지 않다는 생각을 했었습니다. 딱히 말할 대상이 있었던 것도 아니지만…."

"문제를 보고 말할 수 없다. 아니… 말을 들어 줄 사람이 없다. 네, 감사합니다.

TV도 없는 집에서 혼자 지내길 일주일째, 신기린은 프라이팬에 올려진 빈대떡처럼 방바닥에 늘러 붙어 있었다. 먹고 싶을 때 먹고 자고 싶을 때 자니 오늘이 며칠인지, 무슨 요일인지, 몇 시인지도 헷갈리는 상황이 벌어졌다. 이렇게 살면 안 되겠다 싶어서 오랜만에 알람을 맞춰 일어나 집 근처 도서관으로 향했다.

독서삼매경에 빠져 있는데 진동으로 전화가 왔다. 그러고 보니 오늘은 선물옵션 만기일 즉 한 달에 한 번 있는 투자결과가 나오는 날이다. 증권사 직원은 평상시와 다른 자신 없는 목소리로 인사를 전해왔다.

"어떻게 되었습니까?"

"막판에 동시호가에서 밀려버렸습니다. 손실이 났습니다."

"…뭐 언젠가는 이런 날이 올 줄 알았습니다. 일단 전부 현금으로 찾은 다음 다시 생각하겠습니다."

"그럼 내일 아침 다시 전화 부탁드리겠습니다. 죄송합니다."

"괜찮습니다…."

이번 달 손실액은 전에 다니던 회사 기준으로 5년 치 연봉이었다. 지난달 7년 치 연봉을 찾아 집을 샀고 이제 20년 치 연봉 정도만 남아 있었다. 집부터 사길 잘했다는 생각부터 들었다. 아니었으면 손실 폭이 더욱 컸을 것이다. 기린은 다른 증권사를 방문하여 비슷한 전략으로 다시 투자했다. 이번에는 좀 더 보수적으로 계획을 세우고 금액도 자신의 3년 치 연봉 정도로 제한했다. 재투자한 지 보름 만에 자금이 반 토막이 났다. 기린은 계좌를 정지시키고 전부 다 현금으로 찾기로 마음먹었다. 이제 운이 다한 것 같다는 직감이었다. 투자를 시작할 때 읽었던 《탈무드》 배 이야기가 생각이 났다. 자신은 결국 3번째… 아니 피투성이로 간신히 목숨만 건진 4번째 손님이 된 것만 같았다. 신기린은 홀가분해진 마음으로 친구 부엉이에게 전화를 걸었다.

"나 가게 자리 알아보고 있어."

"오, 신 사장…. 멋있어."

"바로 강남에 차리는 건 자금에 무리가 있고 일산에 조그마한 가게 자리 하나 알아보는 중이야."

"이제 투자는 안 해?"

"오늘 전부 다 정리했어."

"그래? 뭐 너야 워낙 세심하니까. 너 루미 알지? 클럽에서 만난 애 말이야."

"응."

"나 요즘 그 친구랑 사귀고 있어."

"잘 어울려."

"그런데 말이야 이 친구가 나보고 DJ를 그만두고 자신 아버지 사업을 물려받으라는 거야. 파지 장사를 하지 않으면 자신과 결혼하는 게 힘들다나 어쨌다나."

"경영을 승계하라고?"

"난 못 하겠다고 딱 잘라 말했어. 그랬더니 울고불고 난리야."

"그것만이 내 세상…."

"난 내 맘대로 살 거야."

"나도 그래."

"그래 아마 난 세상을 모르나 봐."

"가게 오픈하면 그 친구 데리고 와 너랑 사귄다면 나한테도 중요한 사람이니까."

"너 파트너였던 미호라는 애도 너 마음에 들어 하는 거 같던데…."

"내 스타일 아니야."

"듣자 하니 비스트 전자 회장 딸이라지 아마."

"그렇다면 더 싫어…."

두 사람 모두 현재 두 손으로 직접 할 수 있는 일에 집중하며 살기로 의지를 다졌고 기린의 가게가 오픈하는 날, 다시 뭉치기로 했다.

경리부 박쥐 이사는 조금씩 자신의 스타일로 조직을 변화시켜 나가고 있었다. 그는 원 대표가 보낸 이메일을 읽고 근심에 잠겼다. 앞으로 점점 더 큰 대립각을 세우게 될 것만 같아 이쪽에서도 나름 준비를 해야 했다. 수차례 설득에도 불구하고 나방은 계약기간 만료와 동시에 집으로 돌아가고 말았다. 맹꽁이에게는 이혼소송 중인 남편과 근무하는 곳이 가능한 겹치기 않게 하겠다고는 했지만 생각대로 잘 되지 않았다. 박 이사는 맹꽁이의 애교 섞인 말투도 더 이상 듣고 싶지 않았다. 이전보다 많은 일거리를 줘도 그녀는 일을 그만두거나 할 기미가 보이지 않았다.

박쥐 이사는 퇴근하려는데 오 과장에게서 술 한잔하자는 연락이 왔다. 1차 호프집 2차 파전집을 나설 때 여자 생각이 났다. 이사는 회사 욕을 해 대면서 연신 가자! 가자! 고 외쳤다. 오징어 과장은 〈토지〉라는 룸살롱으로 박쥐 이사를 모시고 법인카드로 결제했다.

아침에 일어나니 호텔 방이었고 술집 여자가 남긴 메모를 확인하고 출근했다. 오 과장은 쓰린 배를 문지르며 커피를 한잔 탔다. 오 과장이 담배 피우러 나간 사이 책상 위 오 과장 휴대폰에 문자메시지 알림음이 울렸다. 맹꽁이는 시선이 돌아갔다. 평소 같으면 남의 휴대폰에 관심을 갖지 않겠지만 아침부터 옆자리에서 술 냄새가 진동했기에 호기심이 발동했다. 맹꽁이의 눈은 커질 대로 커졌다. 어제 다녀온 룸살롱 비용을 접대비용으로 조작한 결재서류를 맹 대리에게 시켜 만들겠다는 오 과장의 문자에 동의하는 박 이사의 답장이었다. 일이 들통 나면 그 책임은 분명 맹꽁이에게 올 것이었다. 맹꽁이는 재빨리 자신의 휴대폰 카메라를 켜 메시지화면을 찍었다. 그녀의 머릿속에는 한마디 외침이 계속 맴돌았다.

'어쩜 그럴 수 있지? 어쩜 그럴 수 있지? 어떻게 그럴 수 있지?'

점심시간이 지나고 오 과장은 부킹 바우처를 작성하라며 맹 대리에게 어젯밤 각종 음식점에서 결제한 카드 전표를 전달했다. 맹 대리는 해당 전표 중에 가장 금액이 큰 상호명부터 확인한 후 곧바로 재 부장에게 달려갔다.

"재규어 부장님 시간 좀 있으세요?"
"왜 무슨 일이야?"
"뭐 좀 여쭤볼 게 있어서요."
"참, 바빠 죽겠는데…. 뭔데?"
"역삼동에 토지라는 술집 아시나요? 거기 비싼 곳인가요?"
"거기 유명하지 아주 가끔 정·재계 인사들 접대하는 곳인데….”

“그런 곳에서 두 명이 술 마시면 제 월급보다도 술값이 많이 나오나요?”

“비싼 술이라도 마셨나 보지 가서 일이나 하라고. 쓸데없는 데 시간 낭비하지 말고. 안 그래도 짜증 나는데 말이야.”

맹꽁이는 이건 회사 업무와 관련된 일이라고 소리치고 싶었지만 속으로 삭였다. 맹꽁이는 부킹 바우처를 작성하면서 오 과장에게 자세한 내역을 요청했다. 거래처 임원에게 접대를 하였다면 함께 참석하신 분의 성함을 말씀해 주실 수 있냐고 물었고 오징어 과장이 뒷머리를 긁으며 작은 목소리로 대답했다. 맹꽁이는 직속 상사가 시킨 대로 서류를 작성한 후 박쥐 이사에게 승인요청 이메일을 보냈다. 그리고 모니터 화면을 캡처 해 원숭이 대표에게도 보냈다. 원 대표는 맹꽁이 휴대폰으로 전화를 걸어 자신의 방으로 호출했다. 그는 입술을 굳게 닫고 미간을 찌푸리며 생각에 잠겼다. 그리고 손짓으로 맹 대리에게 나가고 좋다고 사인을 보냈다. 맹꽁이는 마음이 무거워졌다. 어쩌자고 자신의 직속상사들은 거짓말을 해가며 회사 돈으로 유흥을 즐겼는지 도무지 이해할 수 없었다. 맹꽁이는 자신이 다니고 있는 회사가 주는 안정감이 삶에서 가장 중요하며 절대로 놓을 수는 없는 것이었다. 멍한 상태로 집에 돌아왔더니 어머니가 안고 있던 아기를 건네주었다.

"엄마, 나 배고파요. 밥 좀 주세요."

맹꽁이는 가방에서 봉투를 꺼내 엄마에게 생활비를 전달했다. 남편과 함께 산 기간은 석 달 남짓 그게 결혼생활의 전부였다. 아기를 재우고 베란다에 나와 담배에 불을 붙였다. 구름 사이에 얼굴을 내민 달을 바라보니 불꽃처럼 사라져버린 연애의 추억이 생각났다.

어쩌다 이렇게 되어버린 걸까? 헤어지자는 말은 헤어지자는 건 아니었는데…. 남자는 다 똑같아 여자의 마음을 이해해 주는 놈은 하나도 못 만났어. 전부 다 나쁜 놈이야. 이제 나 혼자 갈 거야. 다 필요 없어. 맹꽁이는 담뱃불을 손가락으로 수차례 때려 부쉈다. 그리고 원 대표이사에게 찍어 두었던 문자 사진 한 장을 전송했다.

* * *

두꺼비의 아내 강연어는 출산예정일을 보름 앞두고 정기검진을 하러 병원에 들렀다. 두꺼비는 주치의 설명을 듣기 위해 떨리는 마음을 안고 노크했다.

"강연어 씨 보호자분 들어오세요."

"의사 선생님 안녕하세요.

의사는 한동안 아무 말 없이 초음파사진만 뚫어지게 바라봤다. 엄지와 검지를 턱에 괴고 고심하다가 두꺼비 쪽을 갑자기 돌아보았다.

"수술합시다."

"네?"

"바로 지금 시간이 없습니다. 쌍둥이 중의 한 명이 발육이 더딥니다. 이대로 지체하면 배 속에서 사망할 수도 있습니다."

"그럼… 제왕절개란 말씀입니까?"

"수술 동의서에 서명해 주시고요. 지금 곧바로 집도하겠습니다."

두꺼비는 다시 두려움 속으로 빠져들어갔다. 떨리는 손으로 간신히 서명을 했다. 제왕절개로 아이를 낳은 산모는 자연분만을 한 산모보다 회복 속도가 느리고 심한 후유증이 있을 수도 있다는 말을 들었었기 때문이었다. 그리고 고개를 묻고 간절히 기도를 했다. 연어 씨가 기댈 곳은 언제나 하나뿐이지 않은가….

수술은 무사히 마쳤고 다행히 산모의 건강에도 지장이 없었다. 그러나 둘째는 인큐베이터에 들어가야 했다. 여기부터 여러 가지가 복잡해졌다. 엄마의 모든 영양소는 첫째 아이에게 먼저 가기 때문에 둘째의 발육이 한참 모자랐다는 의사의 설명이 이어졌다. 아기 보험은 들어놨지만 첫째 아이 한 명에게만 적용된다고 전해 들었다. 두꺼비는 신생아에 대하여 아는 바가 없었기에 그저 살려만 달라고 지푸라기 잡는 심정으로 의사 선생님과 간호사 선생님께 애원했다.

큰 고비를 수차례 넘기고 나서 두 아이 모두 건강하게 퇴원할 수 있었다. 미숙아인 동생은 주기적으로 병원에 들러 스캔 사진을 찍어야 했는데 그 비용이 만만치 않았다. 출산 후 한 달도 지나지 않아 자신의 연봉을 모두 써버렸지만 새로운 생명이 주는 기쁨은 모든 것을 보상해 주고도 남았다. 이제 할아버지 할머니가 된 두꺼비의 부모님은 손주를 끌어안고 기뻐했고 두꺼비의 삼촌들은 '고추네 고추여!'라는 말을 수도 없이 되풀이하며 웃었다.

두꺼비는 안양에 있는 회사 동료들에게 득남했다는 소식을 알렸고 소문은 돌고 돌아 서울 본사까지 전해졌다. 그로부터 한 달 후 평소 친분이 있던 서울의 재 부장으로부터 한 통의 전화가 왔다.

"여보세요? 안녕하십니까. 재 부장님."

"두 과장 득남했다며? 축하하네."

"감사합니다. 아기가 아파서 맘고생을 좀 했지만 지금은 한고비 넘겼습니다."

"이제 쌍둥이 아빠인가…. 책임감이 많아지겠군. 전화한 건 다름이 아니라… 자네 이번에 서울로 발령이 날 수도 있을 것 같아."

"네에?"

"나랑 같이 일하게 될 수도 있단 말이지. 아무튼 인사과에서 정식으로 발령이 나기 전에 내가 미리 귀띔해 주는 거니까. 마음의 준비를 잘 하라고."

"네, 알겠습니다. 열심히 하겠습니다! 서울 사무소는 별일 없으시죠?"

"왜 별일이 없어. 난리가 말도 못하지. 너 애 때문에 아무것도 모르는구나. 경리부 박 이사하고 오 과장 잘렸잖아…."

얼마 전 서울 본사의 원숭이 대표는 관리부서 전체에 대대적인 내사를 단행했다. 박 이사와 오 과장은 권고사직 처리되었다. 맹꽁이가 법인카드 사용내역 중 유흥비에 해당하는 것을 원 대표에게 직접 보고하였다는 후문이 사내에 나돌았고 그렇게 원 대표와 박 이사의 대립은 그렇게 종결됐다.

그리고… 맹꽁이와 두꺼비는 같은 장소에서 일하게 되었다.

신기린은 달력이 온통 빨간색이 되어버렸다. 이렇게 얼마의 시간을 보냈는지 기억이 가물가물했다. 늦게까지 자려고 뒹굴던 중 문자가 왔다. 부동산 업자에게서 가격 조건에 완벽하게 들어맞는 자리를 찾았다는 연락이었다. 업자의 상술에 피곤함을 느끼기 시작한 기린은 느긋하게 준비를 하고 나왔다. 기린은 처음으로 맘에 드는 가게를 발견했다. 먼저 장사를 하던 사람은 이민을 준비 중이었기에 한국을 미련 없이 떠날 작정이라며 해탈한 표정이었다. 10년 넘게 장사했던 자리지만 무리한 수준의 권리금을 요구하는 건 아니었다. 이자카야에서 정통 일식집으로 비슷한 업종 간에 이동인 셈이었다. 신기린은 자신의 두 손으로 가치 있는 것을 직접 만들어 보고 싶다는 욕망에 항상 사로잡혀 있었다. 계약금을 걸고 인테리어 업자와 연락을 하고 구인 광고도 지역 생활정보지와 인터넷에 올렸다. 집으로 돌아오던 길에 얼마 전까지 빈털터리였던 자신의 모습과 상반되는 행동에 스스로 놀랐다. 이렇게 겁 없이 질러버리는 자신의 모습이 신기하기도 했지만 창업의 동기 하나만큼은 순수했다. 단순히 먹고사는 기술이 아닌 연구와 실험을 해 보고 싶다는 열정이 있었다.

가게 이름은 '초밥 R&D 센터 - 청년의 바다'로 정했다. 부동산 업자에게 계약금을 입금하고 나니 전화가 곧바로 왔다. 다음 달 초에 건물주를 만났으면 하는데 언제가 좋겠냐고 물어왔다. 기린은 아무 때나 좋다고 답하고 끊었다.

신기린은 집으로 돌아와 마룻바닥에 누웠다. 말똥말똥한 눈으로 천장을 바라보고 있으니 괜스레 허무함이 밀려왔다. 간단하게 속옷 몇 가지만 챙기고 자동차에 올라타 무작정 달렸다. 내비게이션도 켜지 않고 그저 마음 가는 데로 바람

부는 데로 하염없이 달렸다. 그러다 배가 고파지면 끌리는 식당에 들어갔다. 집안이 어려워지고 나서부터 고되게 살아서 그런지 따뜻한 밥 한 끼가 소중하고 감사하게 느껴졌다. 한참을 달리다가 휴게소 화장실에서 좋은 글귀를 발견했다.

'덕이란 참고 기다리는 마음. 적게 먹고 적게 말하며 주위 사람들을 살뜰하게 챙겨줄 때 행복이 찾아온다.'

자동차로 돌아온 신기린은 한적한 곳으로 차를 옮기고 의자를 뒤로 젖혔다. 흘러가는 구름을 바라보며 지난날을 떠올렸다. 이젠 돈도 있고 시간도 있지만 사랑하는 사람은 옆에 없다. 그렇게 젊은 날의 끝자락이 사라져 가는 것만 같았다.

* * *

박 이사가 쥐도 새도 모르게 회사를 떠난 지도 한 달이 넘었다. 맹꽁이가 출근을 하는데 게시판 앞사람들이 웅성거리는 모습부터 눈에 들어왔다. 사람들은 맹꽁이를 힐끔 곁눈질을 하더니 하나둘 도망치듯 흩어졌다.

〈공고〉
권고사직 : 경리부 박쥐 이사

맹꽁이가 자리로 가려고 돌아서는 순간 앞에는 재 부장이 떡하니 서 있었다. 재 부장은 손가락으로 따라오라는 사인을 보냈다. 계단 복도에 선 두 사람은 주위에 사람이 없음을 살폈다.

"야 맹! 너 세상을 그렇게 사는 거 아니야. 너는 실수했을 때 박쥐나 고래가 안 덮어줬어?"

맹꽁이는 고개를 떨구고 아무 대꾸도 하지 않았다. 그러나 야단을 맞는 이 순간에도 맹꽁이는 기린과 사귀다 헤어지고 구 과장과 결혼한 자신을 비난하고 야유하던 박쥐 이사만 떠올랐다. 맹꽁이는 재 부장의 일장연설이 언제 끝날지 눈치를 살폈다. 재 부장은 콧방귀를 한 번 뀌면서 건물 밖으로 걸어 나갔다. 자리로 돌아온 맹꽁이는 원 대표이사가 회사 전 직원에게 보낸 메일을 읽었다. 임직원 모두에게 지금은 도덕성 확립을 해야 할 때라며 내부자 신고를 독려하겠다는 내용이었다. 메일 창을 닫고 고개를 돌려보니 박 이사와 오 과장 자리는 이미 비어있었다.

경리부에는 새로 취임한 황소 이사는 원 대표의 지인을 통해 들어온 사람이었다. 세무회계에는 경험이 많은 분이었지만 영어가 안 돼서 본사회의 때마다 재 부장의 지원을 받았다. 황소 이사의 대외적인 첫 번째 임무는 회사의 비리 임원을 색출해 내는 것이었지만 본질은 원 대표의 사람이 아닌 직원을 처리하는 것이었다. 원 대표는 몇몇 임직원과 의견충돌이 있은 뒤 유럽 본사로부터 신뢰를 잃어가고 있었으며 이런 낮은 점수로는 대표이사의 임기 연장이 어렵다는 판단을 했다. 그리하여 숙청을 단행하기에 이르렀다. 황소 이사는 경리부 직원들에게 이렇게 말했다.

"회사에서는 일만 해라. 모든 것을 처음부터 다시 하라. 회사에 올인해라."

대두 황 이사는 이름값을 하는 사람이었다. 그저 소처럼 일만 했다. 오 과장을 대신해서 경력직도 한 명 입사했는데 모르는 것이 많아 매번 맹 대리에게 물어보는 것이 많았다. 그런데 이 남자… 손이 느리다. 이런 식이면 야근을 하지 않는 날이 없을 텐데… 맹꽁이의 직장생활 7년 차, 바야흐로 직장생활의 위기가 왔다.

* * *

다음 날 아침 신기린은 간단히 짐을 싸고 피정의 집으로 향했다. 창밖에 부슬부슬 비가 내리는 것을 바라보니 마음이 차분하게 가라앉았다. 한강진역부터 작은 수도원이 있는 장소까지는 우산을 쓰고 천천히 걸어갔다. 이윽고 도착한 빨간 벽돌 건물에는 성화가 그려져 있었고 접수에서는 노년의 수사님께서 반갑게 맞이해 주셨다. 입소한 후 강당으로 가니 비슷한 또래의 청년들이 50여 명이 모여 있었다. 5~6명씩 조를 이루어 간단한 자기소개 시간을 가졌다. 첫 번째 일정이 끝나고 신부님은 간단한 다과와 함께 친목의 시간을 가지라고 말하며 기도로 마무리했다.

잠시 후 안경을 쓴 단신의 수녀님께서 마들렌과 홍차를 내왔다. 신기린은 빵을 커피에 찍어 먹으며 잃어버린 15년을 회상했다. 집이 날아가고… 대학진학을 포기하고…. 육체노동으로 거칠어진 손이 말해 주는 세월들….

다음 날 기린은 첫 번째 미사를 앞두고 성의 있는 고해성사를 준비했다. 내적 성찰을 한 결과 자신은 그동안 상관없는 것을 상관있는 것으로 착각하고 살아왔던 부분들이 있었다. 청년들은 성직자와 개인 면담을 하기 위해 묵상을 하며 자신의 이름이 호명되기를 기다렸다. 신기린은 수사신부의 안내를 받아 어두운 복도를 지나 문 앞에 섰다. 호흡을 죽이고 노크를 두들겼다.

"들어오세요."

문 너머에서 들려오는 목소리는 또렷한데 뭔가 낯설었다. 나무가 삐거덕거리는 소리를 내며 방문을 열었더니 촛불 한 개만 켜져 있는 어두운 방에 백인 수녀님 한 분이 앉아 있었다.

“들어오세요. 달팽이 수녀라고 합니다.”

“저기 저… 어… 안녕하세요. 신기린이라고 합니다. 한국말 잘하시네요.”

“30년 넘게 살았으니까요. 요즘엔 꿈도 한국어로 꾼답니다.”

“어느 나라 분이신지요.”

“프랑스에 조그만 마을 가톨릭 성지에서 왔어요.”

달팽이 수녀는 신기린의 손 위에 자신의 축축한 손을 포갰다. 신기린은 수녀님의 온기가 전해지자 한결 편해졌다. 남자는 평생을 살면서 진정성 있는 속마음을 털어놓는 일이 거의 없었지만 이번만큼은 꾸밈없이 있는 그대로 직고했다. 기린의 이야기를 집중해서 듣고 있던 수녀님은 자리에서 일어나 옆에서 신기린을 안아주었다. 적어도 할머니 수녀님은 청년의 마음을 이해하기 위해 최선을 다하는 것 같았다. 그것만으로 기린은 많은 위안을 받은 셈이었다.

“세례명이 뭔가요?”

“요한입니다. 신요한.”

“요한 형제는 긴장을 너무 많이 하고 살아왔군요. 요리도 비서 일도 긴장의 연속이었어요. 전 재산을 투자한 건 말할 것도 없겠죠."

너무 긴장을 많이 하고 살았다…. 그런가? 자신의 의지와 상관없는 눈물이 떨어졌다. 기린은 여자 친구 이야기를 하려다 말았다. 이미 헤어진 여자 친구를 다른 사람이 가치 평가하는 것은 좋은 말이건 나쁜 말이건 듣고 싶지 않았다. 신기린은 수녀님께 감사의 말씀을 전했다. 수녀님은 형제의 머리 위에 손을 얹고 알 수 없는 언어로 매우 빠르게 기도를 하기 시작했다. 신기린은 충전이 끝난 느낌을 받고 감사의 예의를 수녀님께 표했다.

강당으로 돌아오자 면담의 끝난 청년들은 열심히 기도를 하고 있었다. 다시 모든 조명이 꺼졌고 수십 개의 촛불에 켜졌다. 그리고 사람들 앞으로 종이와 연필이 놓였다. 신부님께서는 그동안 자신에게 상처를 준 사람들 또는 자신이 상처를 준 사람들에 대해서 참회하는 마음으로 글을 써 보라고 했다. 주제는 '용서'라는 단어였다. 잠시 후 여기저기서 훌쩍거리는 소리가 났다.

용서를 한다는 건 못할 짓인가? 신기린은 수녀님께 말하지 않았던 맹꽁이의 기억을 적어 내려갔다.

'맹꽁아, 고맙다. 마음을 닫고 살던 나에게 연애경험을 할 수 있게 해 줘서…. 나는 아주 짧게 너를 좋아했던 것 같아. 우리의 추억은 한 개비의 성냥을 태우는 모습처럼 기억돼….

순간 반짝했기에 나에겐 아름다웠던 기억만 남아 있구나. 그동안 내가 너의 마음을 제대로 읽어 주지 못했기에 용서를 바란다. 미안하다.'

잠시 후 다 적은 사람은 일렬로 나란히 서라는 지시가 있었고 중앙에 있는 화로에 순서대로 종이를 집어넣고 태워버린 다음 자리로 돌아갔다.

다음 날 아침 미사 시간 신기린은 10년 만에 영성체를 했다. 얼어붙은 감정이 조금 녹기 시작했다는 것만으로 많은 도움이 되었다. 그렇게 피정이 끝나고 건물 밖으로 나섰다. 파란 하늘에 뭉게구름이 높게 떠 있었다. 신기린은 대로변에 나오자마자 택시를 세웠다. 택시 참 오래간만에 타 본다. 청년은 조수석에 앉는 게 너무 오랜만이어서 신기하기까지 했다.

"어디 가셔?"

"일산이요."

"일단 강변북로로 가야겄네…."

"남자라면 한 번쯤 해 볼 만한 일이라고 생각했어요. 택시 드라이버."

"뭔 소리여? 이거 아주 힘든 일이여. 여간해서는 못 해먹어…."

창밖으로 한강이 내려다보였고 하늘 위에는 애드벌룬이 떠 있었다. 애드벌룬이 떠 있는 것과 내 마음이 무슨 상관이 있겠냐마는 그냥 바라보고 있자니 기분이 좋아졌다. 창문을 조금 열었더니 시원한 강바람이 불어왔다. 신기린은 전화기의 전원을 켜고 연락처의 리스트를 하나씩 살펴봤다. 그리고…. 그녀의 전화번호를 지웠다.

택시 아저씨는 라디오에서 흘러나오는 노래를 따라 부르기 시작했고 신기린은 볼륨을 올렸다.

"내 마음이 가는 그곳에 너무나도 그리운 사람…."

청년의 가슴속에 살아 있던 여자 친구를 차창 너머 바람에 날려버린 기분이 들었다. 신기린은 창밖으로 손을 내밀어 바람을 만지며 미소를 지었다.

* * *

서울 본사에서 일하던 재규어 부장은 오랜만에 안양 사무소에 내려왔다. 재 부장은 도착하자마자 IT 직원과 귓속말을 한 다음 회의실로 두꺼비 과장을 불렀다.

"두 과장 다음 주부터 서울에서 나랑 함께 일하는 거 알지?"

"네 알고 있습니다. 오늘은 연락도 없이 무슨 일로 내려오셨습니까?"

"안양에 고양이 이사가 말이야 내부 감사결과 횡령 사실이 드러났어. 보직 해임이야."

두꺼비는 침을 한 번 삼켰다.

"그래서 아까 전산실 직원 시켜서 이메일부터 못쓰게 잠가버렸어. 원 대표하고 고양이 이사가 통화하는 걸 엿들어보니. 회사 내부 자료를 들고 경쟁사에 재취업 하려는 거 같아."

"설마 그럴 리가."

"설마가 사람 잡는다고 이따가 나랑 고 이사 방에 같이 들어가자고 고 이사 차 키 압수하면 자네는 짐 싣고 서울 사무소로 곧바로 가. 어차피 다음 주부터 자낸 서울 소속이니까 말이야."

두꺼비는 심각하게 고뇌하기 시작했다. 고 이사는 늘 과묵하고 소신 있게 행동하는 사람이었다. 그런 사람이 그동안 회사에 녹을 받아먹으면서 이렇게 지저분하게 배신해 왔다니….

잠시 후 재 부장과 두 과장은 고 이사 방에 들어갔다. 재 부장은 임원 사직서 양식을 꺼내 들고 체크란에 표시를 했다. 그리고 혼잣말을 이었다.

"법인카드 반납하셨고 개인 노트북 반납하셨고 법인 차량 차 키…. 어이 두 과장 차 키 챙겨. 법인 휴대폰 반납하세요."

고양이 이사는 휴대폰을 만지작거리며 잠시 머뭇거렸다.

"이거 제출 안 하시면 퇴사 처리가 안 되어서 퇴직금 못 받으세요. 떠나는 마당에 협조 좀 하시죠."

고양이 이사는 떫은 표정으로 휴대폰을 건네고 방에서 나가며 두꺼비의 어깨를 두들겼다.

"두 과장 원숭이 사장의 약점을 잡으라고…. 그게 너의 살길이야."

두꺼비 과장은 분노를 억누르며 고 이사를 말없이 지켜봤다. 그날 저녁 재 부장과 두 과장은 서울 사무소 근처에서 단둘이 술자리를 가지게 되었다.

"회사생활이란 게… 의자 걷어차기야. 너도 내 나이 되면 아… 이런 것이었나 싶을 거야."

"그런 사람 밑에서 열심히 일했다는 게…."

"지금 서울에서 일하고 있는 친구는 고래 이사가 낙하산으로 데리고 온 애라서 원 사장이 안 좋아하니까. 진급이 어렵겠지 넌 영어가 좀 되니까 일단 서류는 심사는 통과야. 두 과장 너는 나만 믿고 한번 따라와 봐."

두 사람은 생맥주잔을 맞대고 눈빛으로 건배 신호를 보냈다. 단숨에 맥주 거품까지 마시고 나니 자신의 처지가 떠올랐다. 막상 사랑을 하고 가정을 꾸리니 삶의 무게가 생각보다 훨씬 무겁게 느껴졌다.

'이것이 나의 십자가인가…?'

두 과장은 터벅터벅 불규칙한 걸음걸이로 귀가를 했고 집 문 앞에서 비틀거렸다. 왠지 모를 우울함에 사로잡혔지만 본인이 우울하다는 걸 받아들이기가 매우 힘들었다.

* * *

기린이 떠난 애니멀 전자 어느 날 아침. 여비서 아리가 지원팀 재 부장에게 달려왔다.

"부장님 큰일 났어요. 30분 후에 임원회의 시작하는데 회의 준비가 하나도 안 됐어요."
"뭐라고! 그걸 인제 얘기하면 나보고 어떡하라고. 미리미리 했어야지 너는 손이 없어 발이 없어."

"새로 오신 수행비서분은요."

"들어온 지도 얼마 안 되는 놈이 맨날 어디 짱 박혀 있더라고 회사 일에 관심이 없어."

그때 복사기에서 용지가 떨어졌다는 신호음이 울렸다. 인사과에서는 생수가 떨어졌다고 지원팀에 전화를 했다. 경리부 직원은 지원팀 문을 열고 화장실 핸드타월이 떨어졌다고 말했다.

"쓸 만한 것들은 죄다 도망치고…. 남아 있는 쓰레기 같은 놈들로 돌아가야 하니 나 원 참!"

그때 두꺼비 과장이 백 팩을 메고 서울 사무소에 들어섰다. 재 부장은 두 과장의 손을 덥석 잡고 말했다.

"잘 왔다."

임원 회의가 무사히 마치고 원 대표이사는 새로 온 수행비서 베짱이가 운전하는 차에 올라탔다.

"저… 사장님."

"할 말 있나?"

"전에 일하던 분이 정규직이었다고 들었습니다. 저도 좀…."
"인사과에 이야기해."

원 대표이사는 입술을 굳게 다물고 창밖을 내다보았다.

팔뚝을 걷어붙인 두꺼비 과장은 클립을 꽂은 결재서류들을 산더미처럼 쌓아 올렸다. 밤 8시 반 저녁 식사도 거르고 일만 했다. 옆자리에 재 부장이 두꺼비의 어깨를 주무르며 말했다.

"급한 불 껐으니까. 내일 하자."
"네."

책상 위를 정리하고 컴퓨터를 종료했다. 노트북에는 열어두었던 창이 많았기에 강제 종료를 원하느냐는 문구가 떴다. 사람의 머리만큼이나 컴퓨터도 과부하가 걸렸던 모양이다. 막 엘리베이터를 타고 퇴근을 하려는데 삼촌으로부터 전화가 왔다.

"삼촌 웬일이세요?"
"아 글쎄 루미가 방문을 걸어 잠그고 울고불고 난리가 아니다. 내 말은 안 듣고 니 말은 그나마 들으니. 우리 집으로 넘어와 줄 수 있냐?"

"루미가요? 알겠습니다."

두꺼비는 아내에게 조금 늦게 되었다고 전화를 하고 큰삼촌 댁으로 향했다. 서래마을 큰삼촌댁에 도착한 두꺼비는 작은삼촌 차를 발견하고 옆으로 차를 주차했다. 작은삼촌은 차 안에서 통화 중이었는데 눈에서는 불똥이 튀고 전쟁을 앞둔 장수처럼 진지했다.

"작은삼촌 안녕하세요?"

"응? 넌 웬일이냐?"

"루미 데리고 나가서 밥 사 주러 왔어요. 상사병에 걸려서 방문 걸어 잠그고 운다네요."

"그래? 난 형님하고 상의할 일이 좀 생겨서…. 회사가 파업을 하는데 강경 진압을 할지 어떻게 할지 고민 중이거든."

작은삼촌과 두꺼비는 저택의 초인종을 눌렀다. 문을 열어 주는 큰삼촌은 지친 기색이 역력했다. 큰삼촌은 추리닝 바지에 메리야스를 입고 있었고 양어깨 밑 얼룩덜룩한 문신 위에는 진땀이 맺혀 있었다. 큰삼촌은 딸의 방 앞에 서서 노크를 했다.

"몰라! 다 아빠 때문이야!"

"두꺼비 오빠 왔다."

"루미야 오빠야 우리 같이 나가자. 하루 종일 방에만 있었다며. 잠깐 자리를 비켜 달라고 할 테니 나랑 맛있는 거 먹으러 나가자!"

잠시 후 떡 진 머리에 눈이 퉁퉁 부은 루미가 고개를 떨구고 밖으로 나왔다. 그리고 마스크와 선글라스를 끼고 외출할 준비를 했다. 현관문을 나설 때 안방에 있던 큰삼촌이 작은삼촌에게 말하는 것이 어깨너머로 들려왔다.

"글쎄 어떤 놈인지 내가 만나기만 하면 골프채로 다리몽둥이를 부러트려 버리겠어!"

토요일 아침 맹꽁이와 그의 아기는 침대 위에 나란히 누워 있었다. 잠들어 있는 아기의 숨소리를 확인하며 맹꽁이는 빙그레 웃었다. 아기가 처음 뒤집기에 성공했던 순간…아기가 처음 일어섰던 순간… 그리고 넘어지는 것을 받아 안아 주었던 순간순간이 감동이고 행복이었다. 조금 열려 있는 방문 틈으로 어머니가 쌀 씻는 소리가 정겹게 들려왔다. 맹꽁이의 아버지는 어머니께 배고프다고 이야기하며 식탁에 앉으셨고 곧바로 일상의 이야기로 이어졌다.

"처남, 다시 일 시작한다며?"

"애들 다 가르치고 집에서 쉬려니 몸이 근질근질한가 봐요."

"홍 실장은 정말 대단한 요리사였는데 말이야. 외국 같으면 대접받고 일할 사람이야."

"너무 힘들고 고된 일이라서 가족들은 보기가 편치 않죠. 난 걔 때문에 요리사라면…."

꽁이의 엄마가 고개를 절레절레 저으며 국그릇을 갖다 놓았다.

"이젠 세상이 변해서 요리사에 대한 인식이 좋아지고 있어. 허허."

꽁이는 얼마 전 기린 생각이 났다. 헤어진 남자에 대해서는 더 이상 생각하고 싶지 않았다. 그렇지만 한 사람은 바람 피우고 한 사람 떠나고 한 사람은 같이 일하고 그 사람과는 이혼을 했다. 그러고 보니 얼마 전 두꺼비 과장이 서울로 인사발령이 났었다. 복도에서 마주쳤을 때 웃으며 인사했던 자신의 모습이 억지스러웠던 것 같다. 하지만 그런 감정은 자기 자리로 돌아와 새로 부임한 황소 이사의 목소리를 들으면 한 번에 날아가 버렸다. 그의 목소리는 채찍 소리를 내며 귀를 후려쳤는데 이미 열심히 달리고 있는데도 가끔 확인하는 차원에서 한번 후려친다는 뉘앙스가 있었다. 집에서까지 회사 생각, 일 생각은 하고 싶지 않았다. 맹꽁이는 부쩍 술이 늘었다. 이젠 다 울었나 보다. 언제까지 슬픔에 허우적거릴 수만은 없는 것이었다. 눈칫밥은 목 넘김이 어렵지만 그래도 꼭꼭 씹어 삼켰다. 헤어진 남편이 자신의 옛 남자 친구들을 하나씩 죽이는 악몽을 꾸었다. 진땀을 흘리던 맹꽁이는 몸부림을 치다 깼고 그때 아기가 잠에서 깼다.

15.

국경도 이념도 없는 동물들처럼

신기린은 가게를 인수한 다음 수없이 많은 사람들과 면접을 진행했다. 주방 아주머니는 연배가 높아도 잔뼈가 굵은 분을 구했고, 홀 서빙은 베트남 새댁 한 명과 휴학하고 있는 대학생으로 뽑았다. 간판은 이번 주말에 달기로 했고 이제 다음 주면 오픈을 한다. 마지막으로 주방 실장님을 한 분 모시려는데 어제 면접을 봤던 어르신은 알코올중독 때문인지 칼 잡은 손을 미세하게 떨었다. 경력은 화려했지만… 불합격이었다. 신기린이 시험 삼아 계란말이를 만들어 초밥을 쥐어 보던 중 가게 문이 열렸다. 조금 작은 키에 넉넉한 풍채의 어르신이었는데 나이는 60대 초반 정도로 보였다.

"다음 주에 오픈하는 가게입니다. 죄송합니다."
"음… 여기가 사람 구하는 곳인가?"

순간 고개를 든 신기린의 눈빛이 날카로워졌다. 그리고 지금 마주 보고 있는 쉐프에게서 아우라가 뿜어져 나오는 것을 느꼈다.

"앉으세요."

기린은 주방으로 뛰어들어가 녹차를 내왔다. 중년의 남자는 가게를 천천히 둘러보고 있었다. 그는 찻잔을 받아 들고 안주머니에서 자필로 쓴 이력서를 꺼내서 기린에게 전했다. 신기린은 목례를 하며 두 손으로 이력서를 받아 보았다. 이력은 너무나도 간단했다. 〈성전〉이라는 한 가게에서 37년 근무. 군더더기 없는 한 줄 이력서였다. '성전'이라는 이름을 되뇌었다.

'성전… 성전… 성전!'

나의 사부의 사부가 일했던 곳이다.

"이렇게 작은 가게, 그것도 이제 막 시작하는 곳에서 일하시기에는 경력이 너무 넘치시는데요."

"애들 다 가르쳐서 시집 장가 다 보냈는데 무슨 큰돈 필요하겠어. 소일거리나 하면서 그냥 하루하루 보내면 그만이지. 요즘에는 시간이 참 안 가더라고 심심해서…. 내가 하나 차려 볼까 생각도 했는데 이거저거 신경 쓸 게 의외로 많더라고 사장은 내 체질이 아닌 거 같아."

"언제부터 일하실 수 있나요?"

"지금부터."

중년의 남자는 기분이 좋다는 듯이 자리를 박차고 일어나 주방으로 걸어갔다. 휘파람으로 비틀스 노래를 부르며 집기들을 정리정돈 했다. 기린은 아직 급여나 근무여건에 대해서는 아무것도 이야기를 꺼내지 못했기에 주방으로 따라 들어갔다.

"오픈하는 가게라서 처음부터 많이 챙겨드리지는 못하지만 업계 평균수준의 급여는 챙겨드리겠습니다."

"이제 시작하는 가게니까 그런 건 나중에 이야기하도록 합시다."

중년의 남자는 가져올 것이 있다고 하면서 잠시 집에 다녀오겠다며 나갔다. 신기린은 간판 제작업체에 전화를 걸었다.

"여보세요. 예 사장님, 안녕하세요. 일식집 간판이요. 초밥연구소 '청년과 바다' 말이에요. '노랑 잠수함'으로 바꿔주세요. 초밥 R&D 센터 로고는 그대로 두고요. 예 잘 부탁드립니다."

신기린은 전화를 끊고 다시 친구 부엉이에게 전화를 걸었다.

"Yo man!"

"여… 신 셰프… 이제 신 사장인가?"

"다음 주 월요일에 오픈한다. 좋은 사람도 만났어!"

"꼭 가야지. 축하한다."

"넌 어떻게 지내?"

"루미하고 대판 싸웠어. 글쎄 나보고 파지 장사를 하래 가업을 물려받아야 나랑 사귈 수 있다나 어쨌다나…."

"그래서 한다고 했어?"

"미쳤냐? 난 그런 거 못해. 너 가게 오픈하는 거 구실로 다시 불러내서 맛있는 거나 먹여야겠어."

"그래. 그때 보자."

기린은 전화를 끊고 첫 번째 실험으로 맥주 거품으로 밥을 지을 준비를 했다. 거품을 일으킨 채로 얼려 두었다가 불려 놓은 쌀 위에 올려 밥을 지을 생각이었다. 이상적인 맛을 찾기 위해서는 몇 번 해 봐야 알겠지만…. 잠시 후 커다란 대야에 맥주를 쏟아붓고 있을 때 홍 돼지 셰프가 돌아왔다.

"자네 뭐 준비하나?"

"맥주 거품으로 밥을 지어 보려고요."

"비율은 알고 있고?"

"정확히는 모릅니다."

"비율은 내가 알고 있지. 바닥에 매실청을 깔아 두면 향이 살아나지…."

"한 수 부탁드립니다. 연구해 보고 싶은 것이 많습니다."

"요리사로 40년 살았더니 난 이거 말고 할 줄 아는 게 없네. 주방 안에 있을 때가 제일 편해…."

홍 셰프는 다시 콧노래를 부르며 맥주 거품을 일으켰다. 신기린은 진지한 표정으로 미소 지었다.

"오픈하는 날 말일세. 내가 아는 10년 단골을 불러도 되겠는가? 한 명은 조그마한 공장을 하고 다른 한 명은 고철장사를 하는데 말이야. 같이 올 때도 있고 따로 올 때도 있어. 옛날엔 그 사람들이 손님들을 자주 몰고 왔었지."

"손님 불러 주시면 저야 감사하죠."

초밥 R&D 센터 '노랑 잠수함'은 간판을 달았다. 오픈을 하루 앞두고 가게 안은 분주했다. 홍 셰프의 말은 느릿느릿했지만 손은 안 보일 정도로 빨랐다. 초밥을 쥐는 리듬감도 훌륭했다. 가운데 밥알이 살아 숨 쉬도록 살며시 쥐는 느낌이랄까? 그렇게 섬세한 작업을 미친 듯이 빠른 스피드로 만들어냈다. 기린은 자신도 40년 하면 저런 속도를 반이나 따라갈 수 있을지 탄성이 절로 흘러나왔다. 장인이라 해도 될 홍 셰프는 믹서기를 사용을 거절했다. 절구에 손으로 직접 찧어야 제맛이고 칼을 잡건 프라이팬을 잡건 일단 한 가지 일에 몰입하면 눈빛이 예리하게 변했다. 작업이 끝나면 콧노래를 부르며 바로바로 뒷정리하는 습관은 몸에 배어 있는 듯

했다.

날이 어두워지고 처음으로 간판에 불을 켜 봤다. 직원들만 모여 회식을 준비했다. 이제 내일이면 가게를 오픈한다. 술이 두어 잔 들어간 홍 셰프는 40년 전 자신이 맨 처음 요리를 시작했을 적 이야기를 했다. 자신의 스승은 긴자에서 도시락을 만들던 일본 요리사였는데 어묵을 잘 만들었다고 했다. 신기린은 이제 자신의 요리 세계를 시작할 수 있게 되었다. 내일부터는 하루하루 고되고 힘든 날이 계속될 것이다.

그러나, 이것이 자유다.

요리사로 산다는 것, 반복되는 일상을 견디어 낸다는 것에 승리나 패배라는 것이 없다. 매일 매일 하루 한 끼를 준비하는 것이다. 오직 누가 끝까지 비굴하지 않게 숭고한 용기와 인내로 말없이 버텨내는가의 문제다. 장인은 부서질지언정 패배하지 않는다.

"홍 셰프님 노래 한 곡 해주세요."

얼굴이 벌겋게 달아오른 아주머니와 직원들은 소리를 지르며 박수를 쳤다. 홍 셰프는 존 레넌의 〈Imagine〉을 불렀다. 신기린은 함께 일할 식구들을 바라보며 가슴속으로 되뇌었다.

맛있게 먹어라.

지금 여기에서 실행하라

국경도 이념도 없는 동물처럼.

Epilogue

제21회 애뉴얼 파티가 있는 날이었다. 직원들 중에는 스팽글이 달린 원피스를 입고 온 직원도 있었다. 재 부장은 오늘의 일정이라고 하면서 베짱이에게 인쇄물을 건넸다. 그는 음식을 씹으며 지나다니는 직원들을 구경하기 바빴다.

"음식 맛이 아주 좋습니다! 이게 뭐라고요?"

"그만 먹고 일어나!"

중국에서 중요한 손님이 두 명 오기로 했고 재 부장이 서두르는 바람에 베짱이는 인천공항 입국장에 조금 일찍 도착했다. 장자는 육중한 몸에 권위 있는 목소리를 가졌고 묵자는 오래된 정장 차림에 전체적으로 남루한 모습이었다.

두 사람은 원 대표와 영어로 인사한 후 차에 함께 올랐다. 원 대표는 조수석에 탄 다음 곧바로 일 이야기부터 했다. 잠시 침묵이 흐르고 있을 때 장주의 전화기가 울렸다. 장주는 북경 표준어가 아닌 방언으로 통화를 했고 묵적도 어딘가에 전화를 해서 광둥어로 말했다. 전화통화는 한 마디도 알아들을 수 없었고 좀 시끄러웠다. 통화가 끝나자 장주와 묵적은 북경 표준어로 대화를 했다. 그런 다음 장주가 먼저 영어로 원 대표에게 말을 걸었다.

"원숭이 대표 '조삼모사' 이야기 잘 아시죠?"

"멍청한 것들에 대한 이야기 아닙니까?"

"뉴욕 백남준 이사가 보낸 이메일 다시 읽어보세요!"

분위기는 순간 무거워졌다.

"타자를 멍청하다 착각하지 말고 '기뻐하였더라'라는 부분에 좀 더 집중해 볼 수는 없나요?"

그의 말의 의도를 알아차린 원 대표는 궁색한 변명을 늘어놓았다.

"관리부서에 비용이 많이 들어가는 편입니다. 예산이 정해져 있어서 신경 쓰지 못했습니다."

"순서만 바꿔도 기뻐하지 않습니까? 아침에 4개 저녁에 3개를 주면 아침에 2개 점심에 2개를 먹을 수 있습니다. 결코 같은 것이라 할 수 없지요. 누가 당신을 멍청하다고 하면 기분 좋겠습니까?"

원 대표는 뒷머리를 긁었다.

"자유롭지 못하고 평등하지 않아도 사랑하는 마음만은 잃지 말아요. 사랑하는 사람은 내 몸 같은 존재이기 때문에 사랑하는 사람이 먹는 모습을 보면 기분이 좋은 겁니다. 내 것을 내어주는 것이 양보이지 남는 것을 주는 건 의미 없는 일이지요."

묵적은 얼마 전 권고사직 시킨 임원과 그를 따르던 사람들을 통째로 퇴사시킨 사건을 말하는 것 같았다. 원 대표는 얼굴이 빨개졌다.

작가의 말

살아오면서 꿈은 매번 바뀌었던 것 같다. 동물회사를 출간하는 금년, 불혹의 나이가 되었는데 문득 예전에 신해철 형님이 강연장에서 했던 말이 생각난다.

"난 여러분들한테 꿈을 이뤘냐고 안 물어보겠어요. 대신에 어떠한 형식으로든 변형되었지만, 지금도 꿈이 남아있냐고, 아직도 꿈꿀 수 있냐고 질문합니다."라고 물어보던 해철이 형님의 모습이 생각난다.

난 20대 30대를 숙련된 노동자로 살았다. 방구석에서 뒹굴거리다 어느 날 우연히 동화책을 다시 읽었다. 아리스토텔레스의 스승으로 알려진 이솝(우화)을 읽고 독립된 지식들이 연결되는 경험을 했다.

노예 출신 만담꾼 이솝이야기 중 하나를 소개하겠다.

강아지가 길을 가다 고기가 붙은 뼈를 하나 물었는데 다리 위를 건너다 강물에 비친 자기 모습을 본다. 강아지는 자신의 모습을 보고 '멍'하고 소리를 지르자 강물 속으로 고깃

덩이를 빠트리게 된다. 자기 자신이 하는 말과 행동을 자신이 모른다는 우화는 우리에게 시사하는 바가 크다.

배운 사람 중에도 경찰서에 가서 '내가 누군지 알아!'라고 되묻는 경우가 있다.

자신의 모습을 자기 자신이 모른다는 것은 철학의 인식론, 성찰과 연결되고 심리학에서 인지 부조화, 인지 편향 오류의 주제가 된다. 동화라는 것은 듣는 사람의 입장을 최대한 고려하는 특징이 있다. 거대한 담론도 쉬운 단어만 사용하여 간단한 서사에 압축해서 담아내는 표현방식이라고 생각한다.

소설의 마지막 문장은 나의 은사 안상준 교수님이 수업시간에 자주 하시던 '지금 실행하라'는 말씀으로 맺음말을 했다. 하루하루 고된 일을 하며 살고 있던 내게 어느 날 해들원 손태천 대표의 전화 한 통으로 연결된 출판사 덕분에 종이책 출간을 하게 되었다. 3년 전에 써놓고 먼지만 쌓여있던 원고에 새 생명을 불어넣어 세상의 빛을 보게 된 것은 기적에 가깝다고 생각한다.

기업인의 의사결정 롤모델을 보여준 유재홍, 현용길 대표님, 직장인의 비애를 잘 설명해준 송성호 형님, 신앙인의 바른 자세를 몸소 실천하는 김성렬 형님께 감사하단 말씀을 전한다.

그리고, 김재경 원장님, 송상호 교수님, 조주옥 교수님, 최정권 교수님, 윤성훈 교수님, 김철화 교수님, 정강목 교수님, 브레인 컨텐츠 문양근 대표님께도 감사의 마음을 전한다.

끝으로 물심양면으로 도움을 준 윤지원, 김화숙, 이경은, 윤정애, 윤주희, 손영주, 이은정, 박선영 원우와 경영학의 에센스를 가르쳐주신 서규훈, 박용흠, 이명렬 교수님께 이 책을봉헌한다.

탈고를 마치고 출판기념회를 하러 가는 길, 친구가 뭐 갖고 싶은 거 없어? 라는 질문에 '마음'이라고 대답한다.

오월의 봄,

진 언

동물회사

1판 1쇄	2018년 5월 28일
지은이	진 언 (최재영)
펴낸이	손정욱
마케팅	라혜정, 이혜인
디자인	최예슬
편집	라혜정
회계·관리	김윤미
펴낸곳	도서출판 답
출판등록	2015년 2월 25일 제 312-2015-000063호
주 소	서울시 마포구 합정동 433-28 2층
전 화	02 324 8220
팩 스	02 3141 4934

이 도서의 국립중앙도서관 출판예정도서목록(CIP)은 서지정보유통지원시스템 홈페이지(http://seoji.nl.go.kr)와 국가자료종합목록시스템(http://www.nl.go.kr/kolisnet)에서 이용하실 수 있습니다.

ISBN 979-11-87229-16-2 (03810)

* 책값은 뒤표지에 있습니다.